COLECCIÓN
BOLAÑO

白水社

ボラーニョ・コレクション

はるかな星

ESTRELLA DISTANTE

ロベルト・ボラーニョ
Roberto Bolaño

斎藤文子 訳

はるかな星

ESTRELLA DISTANTE

Japanese edition published by arrangement through The Sakai Agency

ビクトリア・アバロスとラウタロ・ボラーニョに

誰にも見られずに落ちていく星はあるのだろうか。

ウィリアム・フォークナー

装丁　緒方修一

僕の『アメリカ大陸のナチ文学』という小説の最終章に出てくるチリ空軍のラミレス＝ホフマン中尉の話は、おそらく概略的に語られすぎている（二〇ページにも満たない）。この話は、僕と同じチリ人で、花の戦争（ラテンアメリカの左翼革命闘争）の古つわもの、アフリカの命知らずの冒険家アルトゥーロ・Bが語ってくれたものだが、彼はその仕上がりに満足しなかった。『アメリカ大陸のナチ文学』の最終章は、それより前の部分の文学的奇怪さと対照をなし、あるいはおそらくアンチクライマックスになっているのだが、アルトゥーロはもっと長い物語にすることを望んだ。他の物語を映し出す鏡、あるいは他の物語がそこで炸裂するというのではなく、それ自身が鏡であり炸裂でもあるようなのがよいと言う。そこで僕たちは一か月半のあいだ、ブラーナスにある僕の家にこもって、その最終章を手元に置き、彼の夢や悪夢が語るところに従って、いま読者のみなさんの前にある小説を書きあげた。ここでの僕の役割といえばせいぜい飲み物を用意し、何冊かの本を参照し、彼と、それから日を追うごとに生気を増すピエール・メナールの亡霊を相手に、多くの同じ文章がふたたび使われることが妥当かどうかを検討することだった。

1

初めてカルロス・ビーダーに会ったのは、一九七一年、もしかすると一九七二年だったかもしれない。サルバドール・アジェンデがチリの大統領だったときのことだ。

そのころ彼はアルベルト・ルイス＝タグレと名乗り、南部の首都と呼ばれるコンセプシオンでファン・ステインの詩の創作ゼミにときどき通っていた。彼のことをよく知っていたとは言えない。週に一、二度、詩のゼミに出たときに見かけた。彼はあまりしゃべるほうではなかった。僕は違った。ゼミに来る連中はたいがいよくしゃべった。詩だけでなく、政治、旅（あとでどんなものになるか、当時は誰も想像もしなかった）、絵画、建築、写真、革命と武装闘争について語った。新たな生活と新たな時代をもたらす武装闘争。だがそれは僕たちの多くにとっては夢のようなもの、よりふさわしい言い方をすれば、夢の、生きるに値する唯一の夢の扉を開けてくれる鍵のようなものだった。夢がしばしば悪夢に変わることには僕たちもぼんやりと気づいてはいたが、それはたいしたことではなかった。僕たちの年齢は十七歳から二十三歳で（僕は十八歳）、ほとんど全員が文学部の学生、例外は社会学と心理学を学んでいたガルメンディア姉妹と、何かの機会に自分は独学だと言ったアルベルト・ルイス＝タグレだった。一九七三年より前のチリで独学だったということについては、言うべきことがいろいろある。実を言うと、彼は独学の人には見えなかった。つまり、外見的には独学する人間のようではなかった。独学者は、七〇年代初めのチリでは、とくにコンセプシオンでは、ルイス＝タグレのような格好はしていなかった。独学者は貧乏だった。あの男が独学者のように話したというのは確かだ。今たぶん僕たちみんなが話しているように話した（雲のなかで生きているかのように話した）。僕たちみんなといっても、今もまだ生きている者ということだが。それにしても大学に一度も足を踏み入れたことがないにしては、やけにいい身なりをしていた。おしゃれだと言いたいわけではないし――もっとも、あの男なりにおしゃれだったが――決まった着こなしをしていたわけでもない。服の趣味は折衷主義だった。三つ揃いにネクタイという姿で現われることもあれば、スポーティーな格好でやってくることもあった。ブルージーンズとTシャツを蔑視しているわけでもなかった。しかしどんな服装であろうと、ルイス＝タグレはいつも高価なブランドものを着ていた。ひとことで言ってしまえば、ルイス＝タグレはおしゃれだったのだが、そのころ僕は、精神病院と絶望のあいだにいつもいるようなチリの独学者がおしゃれなはずはないと思っていた。彼は何かの折に、父親か祖父がかつてプエルトモント近くに大農園を所有していたと言った。十五歳で学校をやめ、田舎で仕事をしながら父親の蔵書を読んで過ごすことを決意したと自分で言っていたか、あるいはベロニカ・ガルメンディアがそう話しているのを僕たちは耳にした。ファン・ステインの詩の創作ゼミに通っていた者は、彼は乗馬が得意だと思い込んでいた。馬に乗るのを一度も見たことがないのに、どうしてかはわからない。実際のところ、ルイス＝タグレに関して僕たちが思い描いたことはすべて、僕たちのねたみ、あるいはもしかすると羨望によって、あらかじめできあがっていたのだ。ルイス＝タグレは背が高く、痩せているが頑健で、ハンサムだった。ビビアーノ・オリアンの言葉によれば、ハンサムというにはあまりに冷たい顔立ちだったが、もちろん、ビビアーノはあとになってそう言ったのであって、参考にはならない。なぜ僕たちがルイス＝タグレをねたんでいたか？　複数形を使うのは言いすぎだ。ねたんでいたのは僕なのだ。ビビアーノなら、僕のねたみを共有してくれたかもしれないが。理由はもちろん、ガルメンディア姉妹、一卵性の双子、詩の創作ゼミの誰もが認める花形詩人にある。ときに僕たち（ビビアーノと僕）は、ステインは彼女たちのためだけに詩のゼミを開いているような気さえしていた。二人がゼミのなかでもっとも優れた詩人だったことは認める。ベロニカとアンヘリカのガルメンディア姉妹。ある日二人を見ると見分けがつかないほど瓜二つだったが、別の日に（とくに別の夜に）見るとあまりに違うので、ライバル同士か、そうでなければ赤の他人に見えた。二人はステインの大のお気に入りだった。ステインは、ルイス＝タグレとともに、どちらがベロニカでどちらがアンヘリカか、いつでも見分けることができる唯一の人間だった。実は僕が彼女たちについて話せることはほとんどない。二人はときどき僕の悪夢に出てくる。僕と同い年か、もしかするとひとつ上、背が高く痩せていて、褐色の肌で、あのころの流行だったと思うが、黒髪をとても長く伸ばしていた。

ガルメンディア姉妹は、ルイス＝タグレとほとんどすぐに仲良くなった。彼は七一年か七二年にスティンの詩のゼミに入った。それまで誰も彼のことを、大学でもほかの場所でも見たことがなかった。スティンは、どこから来たのかとは尋ねなかった。詩を三つ読むように言い、悪くないと言った。（スティンが大っぴらに褒めたのはガルメンディア姉妹の詩だけだ。）そうやって彼は僕たちのところに来た。最初、ほかの連中はあまり気に留めていなかった。だがガルメンディア姉妹が友だちになったことがわかると、僕たちもルイス＝タグレと友だちになった。そのときまで彼の態度は、人当たりはいいがよそよそしいというものだった。ガルメンディア姉妹にだけ（この点で彼はスティンに似ていた）明らかに親切で、気遣いにあふれ、思いやりを示した。ほかの連中には、今言ったように、人当たりはいいがよそよそしい態度で接した。つまり、挨拶はしたし、笑顔も見せたし、僕たちが詩を読むとき、彼の批評は控えめで節度あるものだったし、僕たちの攻撃（たいていは痛烈な批判）に対して、決して自分の書いたものを擁護しなかったし、僕たちが話しかけると耳を傾けた。今となっては興味をもって聞いてくれていたとはとても言えないのだが、当時はそんなふうに見える何かがあった。

ルイス＝タグレとほかの連中との違いは明らかだった。僕たちは隠語を使って、つまりマルクス－マンドレイク主義の仲間内の言葉で話した（僕たちの大部分はＭＩＲすなわち左翼革命運動かトロツキー主義政党のメンバーもしくはシンパだったが、何人かは社会主義青年同盟か共産党、あるいはカトリック左派政党のいずれかで活動していたと思う)。ルイス＝タグレはスペイン語で話した。チリのある地域(物理的というよりむしろ精神的な場所)で話されるスペイン語、時間が流れていないように見える土地の言葉だ。僕たちは、両親といっしょに暮らしているか(つまり地元コンセプシオンの出身者)、学生向けの安い下宿屋に住んでいた。ルイス＝タグレはひとり暮らしをしていた。中心街に近い、永久にカーテンが閉じたままの四部屋のアパートで、僕は一度も訪ねたことがなかったが、ビビアーノとおデブ《ラ・ゴルダ》のポサーダスは、何年ものちにそのアパートについてさまざまなこと(ビーダーの呪われた伝説に影響を受けたさまざまなこと)を話してくれた。その話を信じていいのか、僕のかつてのクラスメートの想像力のせいにしたほうがいいのかはわからない。僕たちはお金《プラータ》にはほとんど縁がなかった(銀貨《プラータ》という言葉を今ここに書くのは楽しい。夜に光る目のようにきらきらしている)。ルイス＝タグレが金に事欠くことは決してなかった。

　ビビアーノがルイス＝タグレの家について何を話したか? なにより、その殺風景な室内について話してくれた。彼は、家が準備されているという印象をもった。一度だけ、ひとりで訪ねたことがあったのだ。近くを通りかかったので、ルイス＝タグレを映画に誘うことにした(ビビアーノはそういうやつだ)。彼のことをろくに知らないのに映画に誘おうと決めたのだ。ちょうどベルイマンの映画を上映していたのだが、どの映画だったかは覚えていない。ビビアーノはそれまでに二度、彼の家を訪ねたことがあった。いずれもガルメンディア姉妹のどちらかがいっしょで、いずれの場合も、言ってみれば、訪問は予測可能なものだった。だから、ガルメンディア姉妹といっしょに訪ねたときは、家は準備されていたように見えた。やってくる者の目に晒される用意ができていて、あまりに何もなく、明らかに何かが欠けている空間があった。こうしたことを僕に説明する手紙（何年もあとに書かれた手紙）のなかでビビアーノは、『ローズマリーの赤ちゃん』のミア・ファローが、ジョン・カサヴェテスといっしょに初めて隣の家を訪ねたときのような気分だったと書いている。何かが欠けていた。ポランスキー監督の映画の家に欠けていたものは絵だ。ミアとカサヴェテスを怖がらせないように、前もって用心深く取り外されていた。ルイス＝タグレの家に欠けていたのは名付けられない何か（あるいは何年も経って、あの事件のことを、あるいはあの事件の大筋を知ったビビアーノが、名付けられないが明らかに存在したと考えた何か）で、まるで家の主人が住まいの一部を切断したかのようだった。あるいは住まいが、訪問者一人一人の期待や特徴に合わせて作られる組み立て式のおもちゃ《メカーノ》のようだった。この印象は、ひとりでその家を訪ねたときさらに強まった。ルイス＝タグレは明らかに、彼が来るとは予想していなかった。ドアが開くまでに時間がかかった。ドアを開けたとき、ビビアーノが誰かわからなかったようだ。もっとも、ルイス＝タグレはにこやかにドアを開け、その後も笑みを絶やすことはなかったとビビアーノは断言している。部屋のなかは、ビビアーノ自身も認めているようにあまり明るくなかったので、僕の友人がどこまで真実に近づいているのかはわからない。いずれにせよ、ルイス＝タグレはドアを開け、どちらかというと嚙み合わない会話を交わしたあと（ビビアーノが自分を映画に誘うためにそこにいるということを理解するのに時間がかかった）、ちょっと待ってくれと言ってドアを閉めたが、数秒後にふたたび開けると、今度はなかに通してくれた。部屋は薄暗かった。濃厚なにおいが立ちこめていて、まるでルイス＝タグレが前の晩、油と香辛料をたっぷり使ったにおいのきつい料理を作ったかのようだった。ビビアーノは一瞬、部屋のひとつから物音が聞こえた気がして、ルイス＝タグレが女といっしょにいるのだろうと考えた。いきなり訪ねたことを詫び、出ていこうとしたとき、ルイス＝タグレが何の映画を見に行くつもりかと尋ねた。ビビアーノは、ラウタロ座でやっているベルイマンの映画だと答えた。ルイス＝タグレはふたたび笑みを浮かべた。ビビアーノにとっては謎めいた、僕にとっては、見るからに傲慢というのでなければ独善的に見えるあの笑い。そして、悪いがベロニカ・ガルメンディアと会う約束があるんだと言い、ベルイマンの映画は好きじゃないと付け加えた。ビビアーノはそのときまでに、家のなかに別の人間がいると確信していた。じっと動かずに、ドアの陰でルイス＝タグレと自分の会話を聞いている誰か。まさにそのベロニカにちがいないと考えた。そうでなければ、普段はあんなに慎重なルイス＝タグレが彼女の名前を出したことをどう説明したらいいんだ。しかしどう考えても、その状況のなかに僕たちのあこがれの詩人がいるとは想像できなかった。ベロニカもアンヘリカ・ガルメンディアもドアの陰で耳を澄ましてはいない。それならいったい誰なんだ？　ビビアーノにはわからない。そのとき彼にわかっていたのは、おそらく自分はそこを立ち去りたいと思っていること、ルイス＝タグレにさよならと言い、殺風景で血にまみれたその家には二度と戻るまいと思ったことだけだ。これはビビアーノの言葉だ。もっとも彼が書いているように、その家はこれ以上ないほど無感情で冷たい家だった。汚れていない壁、金属製の本棚にきちんと並べられた本、南部特産のポンチョがかかった肘掛け椅子。木の腰掛けの上にはルイス＝タグレのライカ。ある午後、詩のゼミの受講者全員の写真を撮るために使ったカメラだ。わずかに開いていたドアからビビアーノの目に入ったキッチンはごく普通で、ひとり暮らしの学生の家にはつきものの汚れた鍋や皿の山はなかった（もっともルイス＝タグレは学生ではなかった）。つまり、物音以外、とくに変わったところはなく、その物音も、隣の家から聞こえてくる音である可能性は十分にあった。ビビアーノによれば、ルイス＝タグレが話をしているあいだ、この男は自分に出ていってほしくない、自分をまさにそこに引き留めるために話をしているという印象をもったという。客観的な根拠など何もなかったが、この印象のせいで、僕の友人の緊張はますます高まり、彼の言葉によれば、耐えがたいほどになった。なにより奇妙だったのは、ルイス＝タグレがその状況を楽しんでいるように見えたことで、ビビアーノの顔がどんどん青ざめ、あるいは汗がますます吹き出しているのに気づいていながらなおも話しつづけ（おそらくベルイマンについてだと思う）、笑みを絶やさずにいたのだ。家は静かなままで、ルイス＝タグレの言葉がその静けさを破ることはなく、むしろ際立たせてさえいた。

いったい何について話していたんだ？　とビビアーノは自らに問う。それを思い出すことは大事なのだろうが、と彼は手紙に書く。どんなに思い出そうとしてもできない。確かなのは、ビビアーノがぎりぎりまで我慢したということで、それから、どちらかというと慌てて、それじゃまたと言い、出ていったということだ。階段を降り、通りに出ようとしたところで、ベロニカ・ガルメンディアに出くわした。彼女は何かあったのかと尋ねた。なんでもないよ、何があるっていうんだよ、とビビアーノは言った。わからないけど、とベロニカは言った。あなた、顔が紙みたいに真っ白よ。その言葉は忘れることができない、とビビアーノは手紙に書いている。紙みたいに真っ白。それとベロニカ・ガルメンディアの顔。恋する女の顔。

認めるのは悲しいが、そのとおりなのだ。ベロニカはルイス＝タグレに恋していた。そのうえ、アンヘリカもあの男に恋していた可能性がある。あるとき、ビビアーノと僕はそのことについて話し合った。ずいぶん前のことだ。僕たちにとって辛かったのは、ガルメンディア姉妹のどちらも僕たちに恋していなかった、というか興味すらもってもらえなかったということだと思う。ビビアーノはベロニカが好きだった。僕はアンヘリカが好きだった。二人に対する僕たちの想いはみんなが知っていたと思うが、告白しようなどという勇気はとてもなかった。僕たちがゼミのほかの男どもと変わらなかったこと、それは全員、多かれ少なかれ、ガルメンディア姉妹に恋していたということだ。だが二人は、あるいは少なくともそのうちの一人は、独学の詩人の奇妙な魅力にとりつかれていた。

確かに独学ではあるが、学ぶことに熱心な男、ビビアーノと僕は、彼がディエゴ・ソトの詩の創作ゼミに姿を現わしたのを見てそう思うことにした。ディエゴ・ソトの詩のゼミは、コンセプシオン大学で開かれていたもうひとつの素晴らしい詩の創作ゼミで、フアン・ステインの詩のゼミといわば倫理的かつ審美的に競い合っていた。もっともソトとステインは当時の言い方をすると、そして今でもたぶんそんな言い方がされていると思うが、魂の友の間柄だった。ソトのゼミは、なぜかわからないが医学部で開かれていて、風通しが悪く、設備も不十分な部屋で、学生たちが解剖の授業で死体をばらばらにする階段教室から廊下ひとつ隔たっているだけだった。階段教室は、当然ながらホルマリンのにおいがした。廊下にもときどきホルマリンのにおいが漂っていた。夜になると、というのもソトのゼミは毎週金曜日の夜八時から十時まで行なわれていて、十二時過ぎに終わることが多かったのだが、ホルマリンのにおいが教室内に充満することがあり、僕たちは次から次に煙草に火をつけて、むなしくにおいを誤魔化そうとした。ステインのゼミの常連はソトのゼミには行かず、その逆もまた同じだったが、ビビアーノ・オリアンと僕は例外で、授業の慢性的な欠席を、二つのゼミだけでなく市内で開かれるありとあらゆる朗読会や文化的、政治的集会に参加することで事実上埋め合わせていた。そういうわけで、ある晩ルイス＝タグレがそこに現われたのには驚いた。彼の態度はステインのゼミにいるときとだいたい同じだった。ほかの人の発言に耳を傾け、批評は公平で、手短かで、つねに善意に満ち、礼儀正しく、自分の作品を突き放すように距離をおいて読み、まるで僕たちの批判に委ねた詩が自分のものではないかのように、もっとも手厳しいコメントさえ反論することなく受け入れた。これに気づいたのはビビアーノと僕だけではなかった。ある晩、ディエゴ・ソトは、彼が距離感と冷たさをもって書いていると言った。きみの書いた詩ではないようだ、とソトは言った。ルイス＝タグレは表情を変えずにそれを認めた。僕は探しているんです、と彼は答えた。

　医学部で開かれていたそのゼミで、ルイス＝タグレはカルメン・ビジャグランと知り合い、仲良くなった。カルメンは良い詩人だった。ガルメンディア姉妹ほどではないが。（優秀な詩人または有望な詩人はファン・ステインのゼミにいた。）それからマルタ・ポサーダス、別名おデブ《ラ・ゴルダ・》のポサーダスとも知り合い、友だちになった。医学部で開かれていたそのゼミで唯一の医学生、ひどく色白でひどく太ったひどく暗い女の子で、散文詩を書き、夢は、少なくともその当時は、文芸評論の世界のマルタ・アルネケルになることだった。

ルイス＝タグレは同性の友人を作らなかった。ビビアーノと僕には会えば礼儀正しく挨拶したが、スティンのゼミとソトのゼミとで、週に八時間から九時間顔を合わせていたにしては、親しげな様子を見せることはこれっぽっちもなかった。男の友人は、彼にとって少しも重要ではないようだった。ひとり暮らしで、（ビビアーノによれば）家にはどこか奇妙なところがあり、ほかの詩人ならたいてい自作に対してもっている子供じみた誇りを欠き、僕がいたころのとびきりきれいな女の子たち（ガルメンディア姉妹）だけでなく、ディエゴ・ソトのゼミの女子学生二人まで征服していた。ひとことで言えば、彼はビビアーノ・オリアンと僕の羨望の的だった。

そして誰も彼がどんな人間か知らなかった。

ファン・スティンとディエゴ・ソトは、僕にとってもビビアーノにとってもコンセプシオンでもっとも知的な人間だったが、何も気づいていなかった。ガルメンディア姉妹もだ。それどころか、アンヘリカは僕の前で二度もルイス＝タグレのよいところを誉め上げた。まじめで、責任感があって、頭のなかが整理されていて、ほかの人の意見にちゃんと耳を傾けることができる人よ。ビビアーノと僕は彼を嫌っていたが、僕たちもまた何も気づいていなかった。おデブの《ラ・ゴルダ・》ポサーダスだけが、実際にルイス＝タグレの背後でうごめいているものの一部を嗅ぎとった。僕たち三人が話した夜のことを覚えている。映画館に行き、映画を見たあとで中心街のレストランに入った。ビビアーノは、十一冊めになるコンセプシオンの若い詩人たちの小さなアンソロジーを編むために、ステインのゼミとソトのゼミの受講者が書いた詩を入れたファイルを持っていた。どこの新聞にも載せてもらえなさそうな詩人たちだ。ラ・ゴルダと僕は詩に目を通しはじめた。誰をアンソロジーに入れるの？　僕は自分が選ばれる者の一人であることを知りながら訊いた。（そうでなければ、ビビアーノと僕の友情はおそらく翌日に壊れていた。）きみと、とビビアーノは言った。マルティータ（ラ・ゴルダ）と、もちろんベロニカとアンヘリカ、それにカルメン、そのあと二人の詩人の名前を挙げた。ひとりはステインのゼミ、もうひとりはソトのゼミにいる詩人だ。そして最後にルイス＝タグレの名前を挙げた。ラ・ゴルダが少しのあいだ無言で指を動かしながら（医学生にしては奇妙なことにいつもインクで汚れている指、どちらかというと汚い爪をしていた。もっとも、ラ・ゴルダが将来の仕事の話をするときの気のない様子からすれば、絶対に医師免許を取らないだろうことは疑いの余地がなかった）紙の束を調べ、ルイス＝タグレの原稿三枚を見つけ出したのを覚えている。この人を入れないで、と彼女は突然言った。ルイス＝タグレのこと？　と僕は自分の耳が信じられずに尋ねた。ラ・ゴルダは彼の熱烈な崇拝者だったからだ。ビビアーノは逆に何も言わなかった。三つの詩は短く、どれも十行以下だった。一つめは風景を歌い、風景を描写していた。木々、舗装されていない土の道、道から離れたところに建つ一軒の家、木の柵、丘、雲。ビビアーノによれば、それは「実に日本的」だった。僕の意見では、ホルヘ・テイリエールが脳震盪を起こしたあとに書いたような代物だった。二つめの詩は空気についてのもので（「空気」というタイトルだった）、石造りの家の継ぎ目から入り込む空気を歌っていた。（こちらはまるでティリェールが失語症に陥りながらも文学的情熱は保っているかのような詩だった。別に驚くほどのことではない。すでにその当時、つまり七三年には、ティリェールの弟子と見なされる者の少なくとも半分は失語症に陥りながら詩を書きつづけていたからだ。）最後の詩はすっかり忘れてしまった。唯一覚えているのは、あるところでなんの脈絡もなく（あるいは僕にはそう思えた）、ナイフが出てきたということだ。

どうしてあいつを入れちゃいけないと思うんだい？　とビビアーノが、まるで腕が枕で、テーブルが自分のベッドであるかのようにテーブルの上に腕を伸ばし、頭をもたせかけながら尋ねた。きみたちは友だちだと思っていたよ、と僕は言った。友だちよ、とラ・ゴルダが言った。それでもわたしなら彼を入れない。どうして、とビビアーノは尋ねた。ラ・ゴルダは肩をすくめた。そのあと、彼の詩じゃないみたいだから、と答えた。彼のほんとうの詩っていうことよ、うまく言えないけど。わかるように説明してくれ、とビビアーノが言った。ラ・ゴルダは僕の目を見て（僕は彼女の向かいに座っていて、ビビアーノは彼女の隣で寝ているように見えた）言った。アルベルトはいい詩人だけど、まだ爆発していないのよ。つまり童貞ってことか、とビビアーノが言ったが、ラ・ゴルダも僕も無視した。きみはあいつのほかのも読んだことがあるの？　僕は知りたがった。どんなものを書いているのか、どんなふうに書いているのか。ラ・ゴルダは、まるでこれから僕たちに言おうとしていることを自分でも信じていないかのように、心の内で微笑んだ。アルベルトは、と彼女は言った。チリの詩に革命を起こすつもりなのよ。でもきみは何か読んだことがあるのかい、それとも勘で話してるの？　ラ・ゴルダは鼻を鳴らして黙り込んだ。この前ね、といきなり口を開いた。彼の家に行ったの。僕たちは何も言わなかったが、僕は、ビビアーノがテーブルの上に上体を預けたまま、にやにやしながら優しいまなざしを彼女に向けるのを見た。わたしが来るのを待っていたわけじゃないのよ、もちろん、とラ・ゴルダが弁明した。きみの言いたいことはわかるよ、とビビアーノが言った。アルベルトはわたしに心を開いてくれたの、とラ・ゴルダが言った。ルイス＝タグレが誰かに心を開くなんて想像できないね、とビビアーノが言った。みんなは彼がベロニカ・ガルメンディアに恋していると思っているけど、とラ・ゴルダが言った。ほんとうはそうじゃないのよ。あいつがきみにそう言ったのかい？　とビビアーノが訊いた。ラ・ゴルダはとっておきの秘密を知っていると言わんばかりににっこりした。僕はそのとき、この女は好きになれないと思ったのを覚えている。才能はあるだろうし、頭もいいだろうし、仲間だけれど、好きにはなれない。そうじゃないの、彼がそう言ったわけじゃないのよ、とラ・ゴルダが言った。彼はほかの人たちに話さないことをわたしには話してくれるんだけど。ほかの女の子たちに、だろ？　とビビアーノが言った。そう、ほかの女の子たち、とラ・ゴルダは言い直した。で、どんなことをきみに話してくれるんだい？　ラ・ゴルダはしばらく考えてから答えた。新しい詩についてよ、ほかに何があるっていうの？　あいつが書こうと思っている詩かい？　と疑わしそうにビビアーノが訊いた。彼がやろうと思っている詩よ、とラ・ゴルダが言った。わたしがどうしてこんなに確信をもって言っているかわかる？　彼の意志よ。ラ・ゴルダはしばらくの間、僕たちがもっと何か質問してこないかと待っていた。鉄の意志をもっているの、と彼女は付け加えた。あなたたち彼のことを知らないのよ。もう遅い時間だった。ビビアーノはラ・ゴルダのほうを見て、勘定を払うために立ち上がった。あいつのことをそんなに信頼しているなら、なぜビビアーノがあいつをアンソロジーに入れるのに反対するの？　と僕は訊いた。僕たちは首にマフラーを巻いて（あのころのように長いマフラーを巻くことはもう二度とない）、寒い通りに出た。だって彼の詩じゃないいんだもの、とラ・ゴルダが言った。で、どうしてきみにそれがわかるんだ？　僕はいらいらしながら訊いた。だってわたしには人間がわかるからよ、とラ・ゴルダが悲しげな声で、誰もいない通りを見つめながら言った。僕には思い上がりの極みに思えた。ビビアーノが僕たちのあとから出てきた。マルティータ、と彼は言った。僕が自信をもって言えることはとても少ないけど、ひとつ言えるのは、ルイス＝タグレがチリの詩に革命を起こすことはないってことだ。左翼ですらないと思う、と僕は付け加えた。驚いたことに、ラ・ゴルダは僕に同意した。そうね、左翼ではないわね、とますます悲しげな声で彼女は認めた。一瞬、ラ・ゴルダが泣き出すかと思い、僕は話題を変えようとした。ビビアーノは笑った。きみみたいな友だちを持つとね、マルティータ、敵なんていらないよ。もちろんビビアーノはふざけていた。だがラ・ゴルダはそうはとらずに、すぐに立ち去ろうとした。僕たちは彼女を家まで送っていった。バスのなかで、映画と政治情勢について話した。別れ際、彼女は僕たちをじっと見つめ、あなたたちに約束してもらいたいことがあると言った。何？　とビビアーノが訊いた。わたしたちが話したことはアルベルトには言わないで。わかったよ、とビビアーノが言った。約束する、僕のアンソロジーにあいつを入れないようきみが頼んだことも言わないよ。出版すらされないいんじゃない、とラ・ゴルダが言った。その可能性は十分にある、とビビアーノは言った。ありがとう、ビビ、とラ・ゴルダは言うと（彼女だけがビビアーノをそう呼んでいた）、ほっぺたにキスをした。僕たちはあいつに何も言わない、誓うよ、と僕は言った。ありがとう、ありがとう、ありがとう、とラ・ゴルダは言った。ふざけているんじゃないかと僕は思った。ベロニカにも何も言わないで、と彼女は言った。あとでアルベルトに言うかもしれないから、そしたらどうなるかわかるでしょ。うん、ベロニカにも言わない。わたしたち三人の秘密よ、とラ・ゴルダは言った。約束よ。約束する、と僕たちは言った。ようやく彼女は背を向けて、建物のドアを開け、僕たちはラ・ゴルダがエレベーターに乗るのを見届けた。姿が見えなくなる前、彼女は最後に僕たちに向かって手を振った。なんて変わった女なんだ、とビビアーノが言った。僕は笑った。僕たちは歩いて、それぞれの家に帰った。ビビアーノは自分の下宿に、僕は両親の家に。チリの詩は、とビビアーノはあの晩言った。僕たちがエンリケ・リンを正しく読むことができるようになる日まで変わらない。つまりそれにはずいぶん時間がかかるってことさ。

数日後、軍事クーデターが起こり、政権が崩壊した。

ある晩、僕はガルメンディア姉妹に電話をかけた。とくに理由はなかったが、どうしているか知りたかった。わたしたち出ていくの、とベロニカが言った。胃が締めつけられるような気がして、いつかと訊いた。あしたよ。夜間外出禁止令が出ていたが、僕は今晩どうしても会いたいと言った。姉妹が二人で住んでいるアパートは僕の家からそう遠くなかったし、それに夜間外出禁止令を無視するのはこれが初めてでもなかった。着いたのは夜の十時だった。ガルメンディア姉妹は、驚いたことにお茶を飲みながら本を読んでいた（二人が荷造りの混乱と逃亡計画のさなかにいると僕は期待していたのだと思う）。出ていくといっても国を出るわけではなく、コンセプシオンから数キロのところにある町ナシミエントの両親の家に行くのだという。ほっとしたよ、と僕は言った。スウェーデンかどこかに行ってしまうのかと思った。もしそうならどんなにいいかしらね、とアンヘリカが言った。それから僕たちは、そんな時間になるといつもするように、何日も会っていない友人たちのことをあれこれ想像しながら話した。間違いなく投獄された者たち、地下に潜っただろう者たち、跡を追われている者たち。ガルメンディア姉妹は怖がってはいなかったが、ナシミエントに行くことにした（怖がる理由もなかった。二人はただの学生だったし、何人かの活動家たち、とくに社会学部の学生たちとの個人的な友情を除けば、当時のいわゆる「過激派」とのつながりはなかった）。というのも、コンセプシオンはもはや耐えがたい場所と化し、二人も認めているように、「現実の生活」が心底不愉快なある種の醜悪さとある種の野蛮さをもつようになると二人はいつも実家に帰ることにしていたからだ。それならすぐにでも出発しないと、と僕は言った。僕たちは醜悪と野蛮の世界選手権に出場しているみたいだからね。二人は笑って、もう帰ったらと言った。僕はもう少し居させてほしいと頼んだ。その晩は僕の人生でもっとも幸せな夜だったことを思い出す。午前一時にベロニカが、家に泊まっていくようにと言ってくれた。誰も夕飯を食べていなかったので、三人でキッチンに入ってタマネギ入りスクランブルエッグを作り、パンを捏ね、お茶を用意した。突然、僕は幸せだ、とてつもなく幸せだと感じ、どんなこともできそうな気がした。まさにその瞬間、自分が信じているものが永久に崩壊し、多くの人間が（そのなかには僕の友人が一人以上含まれていた）迫害され、拷問を受けていると知りながら。でも僕は歌い踊りたい気分で、このうえなく悪趣味《クルシ》な（当時だったら気取った《シウティカ》と言っただろう）言い方が許されるなら、悪い知らせ（あるいは悪い知らせについて思い巡らすこと）は僕の歓喜の火をさらに掻き立てるだけだった。とはいえこの言い回しは僕の精神状態を表わしていたし、さらにはガルメンディア姉妹の精神状態と、一九七三年九月に二十歳以下だった多くの人々の精神状態をも表わしていたと断言していい。

　朝の五時、僕はソファで眠り込んだ。四時間後にアンヘリカが起こしてくれた。僕たちはキッチンで黙って朝食をとった。正午にスーツケースを二つ、車に積み込んだ。ライムグリーンの六八年型シトロネータ。姉妹はナシミエントに向かって出発した。彼女たちに会うことは二度となかった。

　二人の両親はどちらも画家で、双子の姉妹が十五歳になる前に亡くなった。交通事故だったと思う。一度、両親の写真を見たことがある。父親は浅黒く痩せていて、頬骨が高く、ビオビオ川の南側で生まれた者だけがもつ哀しみと困惑の入り混じった顔をしていた。母親は夫よりも背が高く、あるいは高そうに見え、少し太っていて、人の好さそうな優しい笑顔を見せていた。

　二人が亡くなったとき、娘たちにはナシミエントの家が残された。町はずれにある石と木で造られた三階建ての家で、最上階には広い屋根裏部屋があり、アトリエとして使われていた。ムルチェン近郊にはいくらか土地もあり、そのおかげで姉妹は何不自由なく暮らすことができた。ガルメンディア姉妹はよく両親の話をし（彼女たちによれば、フリアン・ガルメンディアは同世代の画家たちのなかでもっとも優れたひとりだったが、僕はその名前を聞いたためしがなかった）、自分たちの詩のなかに、絶望的な作品と絶望的な愛に身を投じてチリ南部に消えた画家たちが登場するのは珍しいことではなかった。フリアン・ガルメンディアはマリア・オヤルスンを絶望的なまでに愛していたのか？写真を思い出してみても、僕には信じがたい。だが六〇年代のチリで、ほかの誰かを絶望的なまでに愛する人がいたと信じるのは難しくない。珍しいことだとは思う。大きなフィルムライブラリーの忘れられた棚に埋もれた映画のようだ。だがきっとそうだったのだと思う。

ここから、僕の話は基本的に推測で進む。ガルメンディア姉妹はナシミエントに行った。町はずれにある大きな家に。そこには亡き母親の姉にあたるエマ・オヤルスンとかいう伯母さんと、アマリア・マルエンダという年配の家政婦が二人で住んでいた。

姉妹はナシミエントに行き、実家にこもった。そしてある日、二週間後か一か月後に（そんなに時間が経っていたとは思わないが）、アルベルト・ルイス＝タグレが姿を現わす。

次のようなことが起きたはずだ。ある夕方、生気に満ちているものの物憂い南部特有のあの夕方、舗装されていない土の道に一台の車が現われるが、ガルメンディア姉妹には車の音が聞こえない。ピアノを弾いているか、菜園で忙しく働いているか、伯母さんと家政婦といっしょに家の裏手で薪を運んでいるからだ。誰かがドアをノックする。何度も叩いたあと、ようやく家政婦がドアを開けると、そこにルイス＝タグレがいる。ガルメンディア姉妹を訪ねてきたと言う。家政婦は家のなかには通さず、女の子たちを呼びに行ってくると言う。ルイス＝タグレは、広々としたポーチに置いてある籐の椅子に座って、辛抱強く待つ。ガルメンディア姉妹は彼を見るなり熱烈に歓迎し、客を家に通さなかったことで家政婦を叱る。最初の半時間、ルイス＝タグレは質問攻めに遭う。伯母さんにはもちろん、感じがよくてハンサムで礼儀正しい若者に見える。ガルメンディア姉妹は喜んでいる。ルイス＝タグレは当然ながら食事に招かれ、彼をもてなすにふさわしい夕食が用意される。彼らが何を食べることができたかなど、想像もしたくない。たぶんパステル・デ・チョクロ（つぶしたトウモロコシと挽肉のオーブン焼き）、たぶんエンパナーダ（肉詰めパイ）、いや、きっと別のものを食べたにちがいない。当然ながら泊まっていくように言われる。ルイス＝タグレは素直に受け入れる。食後の団欒は夜が更けるまで続き、そのあいだガルメンディア姉妹は詩を朗読する。伯母さんのうっとりした顔とルイス＝タグレの仲間内めいた沈黙を前にして。彼はもちろん何も読まない、言い訳をする、こんな素晴らしい詩のあとでは自分の詩など余計なものにすぎませんから、伯母さんは譲らない、お願いよ、アルベルト、あなたのを何か読んでちょうだい、しかし彼は動じない、もう少しで新しいものを書き上げるところなんです、それが終わって、見直しをするまで、発表したくないのです、彼は微笑み、肩をすくめ、申し訳ありませんが、だめなんですと言う、だめなんです、だめ、だめ、ガルメンディア姉妹が肩をもつ、伯母さんったら、しつこく言ったらいけないわ、姉妹は理解していると思う、何も知らないのに、何も理解していないのに（「チリの新しい詩」が生まれようとしている）、だが理解していると思い込んで自分たちの詩を読む、素晴らしい詩を読む、満足げな表情のルイス＝タグレを前にして（もっとよく聞こうと、おそらく目をつぶっている）、それから、ときどき差し挟まれる伯母さんの不快感、アンヘリカったら、こんなひどいでたらめをどうしてあなたは書けるの？　あるいは、ねえベロニカ、さっぱり理解できなかったわ、アルベルト、その比喩は何を言おうとしているのか説明してくださらない？　するとルイス＝タグレは親切にもシニフィアンとシニフィエについて、ジョイス・マンスール、シルヴィア・プラス、アレハンドラ・ピサルニクについて語り（もっともガルメンディア姉妹は、ピサルニクのようには書いていないとほんとうは言いたくて、違うのよ、わたしたちはピサルニクが嫌いなの、と言う）、そしてルイス＝タグレは語り、伯母さんは耳を傾け、うなずく、ビオレタ・パラとニカノール・パラについて（わたしはビオレタとテントのなかで知り合ったの、ほんとうよ、と哀れなエマ・オヤルスンは言う）、それからエンリケ・リンと市民の詩について彼は語る、もしガルメンディア姉妹がもっと注意を払っていたら、ルイス＝タグレの目に皮肉な光が輝くのを見ただろう、市民の詩、僕はあなたがたに市民の詩を作ってさしあげますよ、そして最後に、大胆にも、ホルヘ・カセレスについて、一九四九年に二十六歳で死んだチリのシュルレアリスム詩人について語る。

するとガルメンディア姉妹は立ち上がり、あるいはベロニカだけが立ち上がり、父親が残した膨大な蔵書のなかから、カセレスの本、詩人が弱冠二十歳で出版した『極地の大ピラミッドへの道』を探して戻ってくる。ガルメンディア姉妹は、アンヘリカだけだったかもしれないが、あるとき僕たちの世代にとって神話的存在であるカセレスの全集を復刊することについて話していたことがあったので、ルイス＝タグレが彼の名前を出したのは驚くことではない（ただしカセレスの詩はガルメンディア姉妹の詩とは何の関係もない。ビオレタ・パラは関係があるし、ニカノール・パラもあるが、カセレスは関係がない）。また彼はアン・セクストンやエリザベス・ビショップやデニーズ・レヴァトフの名前を挙げ（ガルメンディア姉妹が敬愛する詩人たちで、あるとき姉妹が翻訳して、詩のゼミで、見るからに満足げなファン・スティンを前にして読んだことがある）、そのあと何も理解していない伯母さんのことをみなで笑い、手作りのビスケットを食べ、ギターを弾き、誰かが家政婦の姿に気づき、家政婦は家政婦で廊下の暗がりに立ったまま、なかに入る勇気がなくて彼らのことを眺めているのだが、伯母さんが、いいから入ってきなさい、アマリア、ひとりじゃ寂しいでしょ、と言うと、家政婦は音楽と賑やかな宴に引き寄せられて二歩前に出るが、それ以上は踏み出せず、そのあと夜の帳が下り、宴は終わる。

数時間後、アルベルト・ルイス＝タグレが、ここからはもはやカルロス・ビーダーと呼ぶべきだろうが、起き上がる。

みな寝静まっている。彼はおそらくベロニカ・ガルメンディアと寝ていた。そんなことは重要ではない。（僕が言いたいのは、今となっては重要ではないということだ。僕たちにとっては不幸なことに、あのころは疑いなく重大事だった。）ともかくカルロス・ビーダーは夢遊病者のように迷うことなく起き上がり、静かに家のなかを歩き回る。伯母の部屋を探す。男の影はフリアン・ガルメンディアとマリア・オヤルスンの絵がその地方の飾り皿や陶器と並んで掛かっている廊下を横切る。（ナシミエントは磁器か陶器で有名なはずだ。）いずれにしてもビーダーは、ドアを次々と静かに開けていく。ついに一階のキッチンの隣に伯母の部屋を見つける。向かいはおそらく家政婦の部屋だ。部屋のなかに滑り込んだちょうどそのとき、家に近づいてくる車の音が聞こえる。ビーダーはにやりと笑い、ことを急ぐ。素早く枕元に立つ。右手に鉤を持っている。エマ・オヤルスンはすやすやと眠っている。ビーダーは枕を外し、それで女の顔を覆う。即座に、一息で、首を掻き切る。その瞬間、家の前に車が停まる。ビーダーはすでに部屋の外に出ていて、今度は家政婦の部屋に入る。しかしベッドは空っぽだ。一瞬、ビーダーはどうしていいかわからない。乱暴にベッドを蹴飛ばし、アマリア・マルエンダの服がしまってある木製の古くてがたついたたんすを破壊したい衝動に襲われる。だがそれは一秒と続かない。すぐに玄関の戸口に立ち、呼吸は乱さず、到着した四人の男をなかに通す。男たちは頭を動かして挨拶し（とはいえそこには敬意が感じられる）、淫らな視線で、薄暗い部屋のなか、絨毯、カーテンに目をやる。手始めに、身を隠すのにもってこいの場所を探し、検分するかのように。しかし隠れるのは彼らではない。隠れている者を探しているのだ。

そして彼らの背後から夜が、ガルメンディア姉妹の家に侵入する。十五分後、いや十分後かもしれないが、彼らが立ち去るとき、夜もすぐまた出ていく、夜が入り、夜が出ていく、素早く仕事を終えて。死体は見つからないだろう。いや見つかる、死体がひとつ見つかる、ひとつだけ、何年かして共同墓地で見つかる、アンヘリカ・ガルメンディアの死体、僕の崇拝する、僕の比類なきアンヘリカ・ガルメンディア、だが見つかった死体はそれだけ、まるでカルロス・ビーダーが人であって神ではないことを証明するかのように。

2

そのころ、人民連合の最後の救命ボートがずぶずぶと沈んでいるときに、僕は捕まった。逮捕されたときの状況は、グロテスクというのでなければありきたりなものだったが、あそこにいたおかげで、つまり街中やカフェテリアにいたわけでもなければ、ベッドから起き上がる気になれずに自分の部屋に閉じこもっていた（その可能性がもっとも高かったが）わけでもなかったおかげで、カルロス・ビーダーの最初の詩のパフォーマンスに立ち会うことができた。もっとも、そのとき僕はカルロス・ビーダーが何者かも、ガルメンディア姉妹がどのような運命をたどったかも知らなかった。

それはある日の夕暮れ時に起きた——ビーダーは黄昏が好きだった。そのとき僕は七十人ほどの囚人たちとラ・ペーニャ収容所にいたが、逮捕者を一時的に留め置くこの収容所は、コンセプシオン郊外、というよりほとんど隣町のタルカウアノといってもいいところにあり、僕たちは中庭でチェスをするか、ただおしゃべりするかして退屈を紛らしていた。

三十分前まですっかり晴れ渡っていた空に、雲の切れ端がいくつか東に向かって動きはじめていた。針や煙草のような形の雲は、初めのうち、まだ海岸の上空を漂っているあいだは白黒だったが、町の方角に向かいはじめるとピンク色に染まっていき、やがて川の上流のほうに流れていくころには、輝く朱色に変わった。

そのとき、なぜかはわからないが、空を見上げている囚人は自分ひとりだけのような気がしていた。たぶん僕が十九歳だったせいだろう。

雲のあいだから飛行機がゆっくりと姿を現わした。最初は蚊はどの大きさの染みだった。近くの空軍基地から飛んできて、海岸のあたりを旋回して基地に戻るのだろうと思った。かなり上空に浮かんでいる円柱状の雲と、ほとんど屋根の高さで風に吹き流されている針状の雲のあいだに紛れながら、飛行機は少しずつ、だがやすやすと、まるで空を滑るようにして町に近づいてきた。

雲と同じくらいゆっくりと進んでいるように見えたが、それが錯覚にすぎないとわかるのに時間はかからなかった。ラ・ペーニャ収容所の上空を通過したとき、飛行機は壊れた洗濯機のような音を立てた。僕のいた場所からパイロットの姿が見え、一瞬、手を挙げて僕たちにさよならと言っているような気がした。それから機首を持ち上げ上昇すると、あっという間にコンセプシオン中心部の上空を飛んでいた。

そこで、その高度で、空に詩を書きはじめた。最初は、パイロットの気が狂ったのだろうと思い、それを奇妙だとも思わなかった。その当時、気が狂うというのは少しも特別なことではなかったのだ。パイロットは絶望のあまり目がくらみ空中を旋回していて、そのうちどこかの建物か町の広場に激突するのだろうと思った。しかしすぐに、まるで空そのものから生み出されたかのように、空に文字が現われた。ピンクがかった青空の巨大なスクリーンに、黒ずんだ灰色の煙で完璧に綴られた文字は、それを見る者の目を凍りつかせた。IN PRINCIPIO... CREAVIT DEUS... COELUM ET TERRAM. 僕はまるで夢のなかにいるかのようにそれを読んだ。何かの宣伝だろうと思った——そう期待した。ひとりで笑ってしまった。すると飛行機は僕たちのいるほう、つまり西のほうに戻ってくるとまた旋回して、もう一度文字を書いた。今度ははるかに長い詩行で、南の郊外のほうまで伸びていった。TERRA AUTEM ERAT INANIS... ET VACUA... ET TENEBRAE ERANT... SUPER FACIEM ABYSSI... ET SPIRITUS DEI... FEREBATUR SUPER AQUAS...

一瞬、飛行機は地平線のかなたに消えていくかに見えた。海岸山脈だかアンデス山脈だか、僕にわかるはずもないが、南に向かって、広大な森林地帯に向かって。だが飛行機は戻ってきた。

そのときには、ラ・ペーニャ収容所のほとんど全員が空を見上げていた。

囚人のひとりで、ノルベルトという名の発狂しかかっている男（少なくともそれが、社会主義者の精神科医である別の囚人が下した診断だった。聞いたところによると、精神科医はその後、精神および感情の機能が正常に働いている状態で銃殺された）が、男の囚人と女の囚人の中庭を隔てる柵によじ登り、叫びはじめた。あれはメッサーシュミット一〇九だぞ、ドイツ空軍の戦闘機メッサーシュミット、一九四〇年最高の戦闘機だぞ。僕は彼をじっと見て、次にほかの収容者たちを見つめた。ラ・

ペーニャ収容所が時のなかに姿を消していくかのように、すべては透明な灰色のなかに沈み込んでいるように思えた。

僕たちが夜になると床に寝る体育館の入り口で、二人の監視兵がおしゃべりをやめて空を見上げていた。囚人全員が、チェスの勝負も、ここで過ごすであろう日数を数えることも、打ち明け話も途中でやめ、立ったまま空を見上げていた。狂人ノルベルトは、猿のように柵にしがみついたまま笑い声をあげて言った。第二次世界大戦が地球に戻ってきたぞ、第三次大戦の話をするやつらは間違ってる。彼は言った。第二次大戦が帰ってくる、帰ってくる、帰ってくるぞ。今度はおれたち、おれたちチリ人が、なんて運のいい国民だろう、そいつを迎えてやる、歓迎してやるのさ、と言い、よだれが、その場を支配していた灰色の色調とは対照的に真っ白なよだれが、あごを伝って垂れ、シャツの襟を濡らし、大きな湿った染みを胸のところに作った。

飛行機は機体を傾けながら、コンセプシオンの中心部に戻ってきた。DIXITQUE DEUS... FIAT LUX... ET FACTA EST LUX. 僕にはかろうじてそう読めた。あるいはそう読むのだろうと推測したか、想像したか、夢に見たのかもしれない。柵の向こう側では、心臓が締めつけられるような静けさのなか、手でひさしを作りながら女囚たちも飛行機の動きを注意深く追っていた。一瞬、もしノルベルトが逃げようとしても誰も阻みはしないだろうと思った。彼を除く全員が、収容者も看守も、空を仰いだままじっと動かずにいた。それまで僕は、これほど大きな悲しみがひとつになっているのを見たことがなかった(あるいは、あのときはそう思った。今考えてみれば、子供のころに体験したいくつかの朝のほうが、一九七三年のあの失われた夕暮れよりも悲しかったように思う）。

飛行機はふたたび僕たちの頭上を通過した。海の上で円を描き、高度を上げ、コンセプシオンに戻っていった。なんてパイロットだ、とノルベルトが言った。ガーランドやルディ・ルドラーだってあんなに上手くないぞ、ハンナ・ライチュも、アントン・フォーゲルも、カール・ハインツ・シュワルツも、タルカの〈ブレーメンの狼〉も、クリコの〈シュトゥットガルトの骨砕き〉も、あのハンス・マルセイユの生まれ変わりだってかなうものか。そのあとノルベルトは僕を見て、片目をつぶった。ほおが紅潮していた。

コンセプシオンの空には次の言葉が残った。ET VIDIT DEUS... LUCEM QUOD... ESSET BONA... ET DIVISIT... LUCEM A TENEBRIS. 最後の文字は東のほうで、ビオビオ川の上流に向かって流れる針状の雲に紛れて見えなくなっていた。飛行機そのものも、途中で垂直に進路を取って視界から消え、空から完全に見えなくなった。それまでのすべてが悪夢か幻のようだった。おい、なんて書いたんだよ、同志、とロタの鉱山労働者が尋ねる声がした。ラ・ペーニャ収容所では、囚人の半数（男も女も）がロタの住民だった。さっぱりわからん、と誰かが答えた。でも大事なことみたいだぜ。別の声が、くだらねえ、と言ったが、そこには恐怖と驚きが入り混じっていた。体育館の入り口にいた監視兵の数が今では六人に増え、互いにひそひそ話をしていた。ノルベルトは僕の前で、両手を柵にかけ、まるで地面に穴を掘ろうとするみたいに足を動かしながらつぶやいた。これは電撃戦の再来だ、でなけりゃ、おれの頭がどうしようもなくイカレちまったかだ。落ち着けよ、と僕は言った。これ以上ないくらい落ち着いてるさ、おれは雲のなかに浮かんでるんだ、とノルベルトは言った。それから深いため息をつき、実際、落ち着いたように見えた。

そのとき、誰かがとてつもなく大きな虫かとてつもなく小さなビスケットを踏みつぶしたような妙な音がして、飛行機がまた姿を現わした。ふたたび海のほうからやってきたのだ。飛行機を指して伸びる手、航路を示して持ち上がる汚い袖が見え、いくつもの声が聞こえたが、声だと思ったのはただの風の音だったのかもしれない。ほんとうは、誰も口を開く勇気などなかった。ノルベルトは一度ぎゅっと目をつぶり、大きく見開いた。天にましますわれらが父よ、と彼は言った。我らが兄弟の罪を許したまえ、我らの罪を許したまえ。主よ、と彼は言った。我らは罪なき、罪なきチリの民にすぎません。それを力強くはっきりと、声を震わすことなく口にした。全員が、もちろん彼の祈りを聞いていた。何人かが笑った。僕の後ろから、悪態とののしりの入り混じったからかいの声が聞こえた。僕は振り向いて、目で声の主を探した。囚人たちと監視兵の青白くやつれた顔が、ルーレットのようにぐるぐる回っていた。ノルベルトの顔は逆に、中心の軸のところに留まっていた。人の好さそうな顔が、地面のなかに沈み込んでいた。長いあいだ予告されつづけ、恐れられていた救世主の到来に立ち会う不運な予言者のように、ときどき跳びはねていた。飛行機が轟音を立てて僕たちの頭上を通過した。ノルベルトは寒さで死にかけているかのように両肘を抱えた。

パイロットの姿が見えた。今度は挨拶をしなかった。コックピットに閉じ込められた石像のようだった。空は暗くなりはじめ、夜がすべてを覆い尽くすまでにそれほど時間はかからないはずだった。

雲はもはやピンク色ではなく、赤い筋の入った黒に変わっていた。飛行機がコンセプシオンの上空にやってきたとき、その左右対称のシルエットはロールシャッハ・テストのインクの染みに似ていた。

今度は単語をひとつだけ書いた。前のよりも大きく、町のちょうど真ん中と思われる場所に。APRENDAN.（学べ）その後、機体が揺らぎ、高度を下げ、どこかの建物の屋上に突っ込もうとしているかに見えた。パイロットがエンジンを切り、今しがた書いた、というより僕たちに促した学びの最初の実例を示そうとしているようだった。だがそれはほんの一瞬のこと、夜と風が最後の単語の文字を消すのにかかる間だけだった。やがて飛行機は姿を消した。

数秒間、誰も何も言わなかった。柵の向こう側から女の泣き声が聞こえた。ノルベルトは何もなかったかのように落ち着き払った顔で、二人の若い女囚と話していた。二人は彼に助言を求めているように見えた。なんてことだ、狂人に助言を求めるなんて。背後からは意味不明の感想が聞こえてきた。何かが起きたんだが、実際は何も起きなかったな。二人の教師が、教会の宣伝活動の話をしていた。どの教会ですか、と僕は尋ねた。どこだろうな、と言って二人は背を向けた。僕のことが気に食わなかったのだ。それから監視兵たちが自らの任務を思い出し、最後の点呼をとるために僕たちを中庭に整列させた。女囚たちのいる中庭でも、別の声が列を作るよう命じていた。おまえ、気に入ったか？　とノルベルトが声をかけてきた。僕は肩をすくめ、絶対に忘れないだろうってことだけはわかる、と答えた。メッサーシュミットだって気づいたか？　とノルベルトが言った。あんたがそう言うんならあんたのことを信じるよ、と僕は答えた。あれはメッサーシュミットだ、とノルベルトは言った。あの世から来たとおれは思うな。僕は彼の背中をたたいて、きっとそうだと答えた。列が動き出し、僕たちは体育館に戻った。しかもラテン語で書いてたな、とノルベルトが言った。ああ、と僕は答えた。だけど全然わからなかったよ。おれはわかった、とノルベルトが言った。無駄に何年も印刷工をやってたわけじゃない、世界の始まりとか、意志とか、光と闇について書いていた。luxは光。tenebraeは闇。fiatは何々あれ。光あれ、ってわかるか？　フィアットはイタリアの車の名前に聞こえるけど、と僕は言った。ところが同志、そうじゃないんだ。それに、最後はおれたちみんなの幸運を願ってた。そう思うかい？　と僕は言った。そうだ、例外なくみんなの。たいした詩人だね、と僕は言った。礼儀正しいやつだ、間違いない、とノルベルトは言った。

3

コンセプシオン上空で行なわれたこの最初の詩のパフォーマンスによって、カルロス・ビーダーはたちまちチリの新しもの好きの賞賛を得ることになった。

やがて空中に文字を書く他の航空ショーにも呼ばれるようになった。最初は遠慮がちに、だがそのうちに、芸術作品を理解できなくてもその存在は認めることができる兵士や紳士たち特有の率直さのおかげで、カルロス・ビーダーの姿はさまざまな式典や記念式で見られるようになった。ラス・テンカス飛行場の上空で、政府高官や財界人とその家族——結婚適齢期の娘たちはビーダーに夢中になり、既婚の女性たちはひどく悲しんだ——からなる観客が見つめるなか、夜がすべてを覆い尽くすほんの数分前に、非情な地平線の上に星をひとつ、力強く孤独に輝く我らがチリ国旗の星を描いた。その数日後には、エル・コンドル空軍基地で野外パーティーが行なわれている最中、立派な天幕を行き来する民主的で雑多な観客の前で詩を書いた。物好きで博学なある見物人はそれをレトリスム風と評した。（より正確に言えば、レトリスムの創始者イジドール・イズーから非難されることはないだろうと思われる詩句で始まり、ニカノール・パラの詩「サラングァコ」に匹敵する前代未聞の終わり方をした。）その詩のある行では、遠回しにガルメンディア姉妹に触れていた。二人を「双子の姉妹」と呼び、ハリケーンと唇について語っていた。詩はただちに矛盾に陥ったが、それを正しく読んだ者には、二人がすでに死んでいることがわかった。

別の詩行では、パトリシアという女性とカルメンという女性について触れていた。後者はおそらく、十二月初めに姿を消した詩人、カルメン・ビジャグランのことだろう。母親が教会の調査団に語ったところによれば、カルメンは男友だちに会いに行くと言って出かけたまま戻らなかった。娘が出かける前に母親は、その友だちって誰なのと訊くことができた。カルメンは戸口で、詩人よと答えた。何年も経ってビビアーノ・オリアンは、パトリシアという人物をつきとめた。彼によれば、パトリシア・メンデスは十七歳、共産青年同盟が運営する文学のゼミに参加し、カルメン・ビジャグランと同時期に行方不明になった。二人の違いは注目に値する。カルメンはフランス語でミシェル・レリスを読み、中産階級の家庭の生まれだったのに対し、パトリシア・メンデスは年下であるというだけでなくパブロ・ネルーダに心酔し、労働者階級の出身だった。カルメンのように大学に通ってはいなかったが、いつか教育学を学びたいという夢をもち、さしあたり家電製品を売る店で働いていた。ビビアーノは彼女の母親を訪ね、古びた練習帳に書かれたパトリシアの詩をいくつか読ませてもらった。ビビアーノによれば、ネルーダの最悪の詩を真似たひどい代物で、『二十の愛の詩』と『ニクソン殺しのすすめ』の雑多な寄せ集めの類だったが、行間を読めば、何かしら見るべきところはあった。みずみずしさ、驚き、生きる意欲。いずれにせよ、とビビアーノは手紙を締めくくった。誰も詩が下手だからといって殺されたりはしない、ましてや二十歳にもなっていなかったんだ。

エル・コンドル空軍基地でのショーでビーダーは、「炎の見習いたち」と書いていた。貴賓席からそれを見物していた将官たちは、僕が思うに、彼の恋人か女友だちの名前、あるいはタルカウアノの娼婦たちの源氏名だろうと当然のごとく考えた。しかし彼の腹心のなかには、ビーダーが死んだ女たちの名前を挙げ、霊を呼び出しているのだと気づいた者もいた。もっとも、彼らは詩のことなど何も知らなかった。あるいはそう思っていた。（ビーダーはもちろん、きみたちは詩をわかっている、たいていの人間、たとえば詩人や教師たち、オアシスや悲惨な無垢の砂漠にいる者たちよりもきみたちは詩をわかっていると彼らに言っていた。しかし悪党どもは彼の言うことを理解せず、あるいはせいぜい、中尉は自分たちをからかうためにそう言っているのだと寛容にも考えた。）彼らにとって、ビーダーが飛行機に乗ってやっていることは単に危険なショー、あらゆる意味で危険なものであって、詩ではなかった。

同じころ、彼はさらに二つの航空ショーに参加した。ひとつはサンティアゴで行なわれ、ここでも聖書と「チリの再生」の数節を書いた。もうひとつはビオビオ県ロスアンヘレスでのショーで、もう二人のパイロットとともに空を飛んだ。二人はビーダーとは違って民間のパイロットで、彼よりもずっと年長で、空中広告に長いこと携わっていた。その両人と協力して、ビーダーは空に大きな（しかも刻々と形を変える）チリ国旗を描いた。

彼は偉業を成し遂げうる逸材として（いくつかの新聞とラジオで）評判になった。彼を前に屈しないものは何もない。空軍士官学校の教官は、経験豊富で優れた直感力をもち、何の苦もなく戦闘機と戦闘爆撃機を操縦することができる生まれながらのパイロットだと断言した。またビーダーは士官学校時代に同期生に誘われて田舎の大農園で休暇を過ごしたことがあったが、その同期生は、彼が壊れかけた古いパイパー製軽飛行機を許可なく操縦し、穴ぼこだらけの細い村道に着陸させたので、驚き呆れた両親に怒られたことがあると暴露した。その夏、おそらく六八年のことだが（南半球の夏、パリのわびしい守衛室で「野蛮なエクリチュール」という文学運動が誕生するより三、四か月前のこと。その文学運動は彼の晩年に決定的な意味をもつことになる）、ビーダーは親元を離れて過ごしていた。（同期生によれば）勇敢だが内気な青年で、どんなことも、どんなに常軌を逸したこともやりかねず、突然どんなことをしでかしてもおかしくなかったが、まわりの人たちからは好かれていた。私の母と祖母は彼を崇拝していて（と同期生は言う）、ビーダーはいつでも大嵐のなかから抜け出てきたばかりみたいだとよく言っていた。無防備で、雨のせいで骨の髄までずぶ濡れなのに、魅力にあふれていると。

彼の社会的評価については、しかし疑わしい点があった。悪い仲間、うさんくさい連中、警察や犯罪組織の寄生虫、ビーダーはときどきそういった人間と連れ立って出かけた。それは決まって夜で、酒を飲みに行くか、悪い評判が立っている場所にこもるためだった。しかしこれらの点は、よく考えてみればそれ以上のものではなかった。疑わしいといっても目立つほどのことではなく、彼の性格や態度、ましてや普段の品行になんら影響を及ぼさなかった。知識と絶対なるものを求める文学者のキャリアのためには必要悪なのだろうと考える者すらいた。

そのキャリアは、当時、つまり航空ショーをしていたころ、チリでもっとも影響力のある文芸評論家のひとりから太鼓判を押された（これは文学的見地から言えばほとんど何の意味もないが、チリにおいては、アローネの時代以来、非常に重要なことだった）。その文芸評論家とは、古書研究家、敬虔なカトリック信者でありながらネルーダの親しい友人であり、その前はウィドブロの友人、ガブリエラ・ミストラルの文通相手、パブロ・デ・ロカの格好の標的、そして（彼いわく）ニカノール・パラの発見者、要するに、英語とフランス語ができ、七〇年代の終わりに心臓発作でこの世を去ったニカシオ・イバカチェなる人物のことだ。彼は「エル・メルクリオ」紙に毎週掲載していたコラムで、ビーダーの一風変わった詩の注釈を行なった。その文章のなかで、我々（つまりチリの読者）は、新時代の偉大な詩人を目撃していると述べたのだ。そのあと、例によって、ビーダーに若干の助言を与えてから話を広げ、聖書の異本についての難解でときに矛盾した解説にとりかかった――そのとき僕たちは、ビーダーがコンセプシオンとラ・ペーニャ収容所の上空に初めて姿を現わしたときに、ウルガタ訳聖書のラテン語を使ったことを知った。この聖書はD・フェリペ・シオ・デ・S・ミゲル神父によって「教父とカトリックの聖なる注釈者の定める意味に従い」スペイン語に翻訳され、一八五二年にマドリードのガスパール・イ・ロイグ出版から数巻に分けて刊行されていて、このことは、ビーダー自身がある夜、長電話の会話のなかで打ち明けてくれたそのままの話だ、とイバカチェはことわっている。その電話の最中、なぜシオ神父のスペイン語訳を使わなかったのかとイバカチェが質問したところ、ビーダーの返事は、ラテン語のほうが空にうまくはまり込むから、というものだった。しかしビーダーは実は「はまる」という単語を使うべきだった、すなわち、ラテン語のほうがうまく空にはまる、とはいえ、このことは彼が次に空に現われたときにスペイン語を使うことを妨げなかった――さらにこの文芸評論家は、ほかでもないボルヘスが名前を挙げたいくつかの聖書の異本に言及し、ライムンド・ペジェグリによってスペイン語に訳され、一八七五年にバルパライソで出版されたエルサレム聖書にも言及した。イバカチェによればこれは呪われた版で、数年後にチリをペルー・ボリビア連合と対立させることになる太平洋戦争を予言し、予知した聖書だった。一方、イバカチェが与えた助言について言えば、若い詩人に対して「早すぎる栄光」の危険性を警告し、「詩を絵画および演劇から、というよりむしろ造形的事件および演劇的事件から隔てる境界線上での混乱を生じさせかねない」前衛文学の難点を指摘し、たゆまず研鑽しつづけることの必要性を説き、要するに、ビーダーに読みつづけるようにと助言したのだった。読みたまえ、若者よ、と彼は言っているかのようだった。イギリスの詩人を、フランスの詩人を、チリの詩人を、そしてオクタビオ・パスを読みたまえ。

イバカチェによる賛辞は、この多作な評論家がビーダーについて書いた唯一のものだったが、そこに二枚の写真が添えられていた。一枚めには飛行機、あるいはたぶん軽飛行機が写っていて、殺風景な軍用滑走路らしき場所の真ん中にパイロットがいた。写真はやや離れたところから撮影されているので、ビーダーの顔ははっきりとは見えない。首のまわりにファーのついた革のジャケット、てっぺんが平らなチリ空軍の帽子、ジーンズ、ジーンズに合わせたブーツという格好だった。写真には「カルロス・ビーダー中尉、ロス・ムレロス飛行場にて」というキャプションがついていた。二枚めの写真には、目を凝らして見れば、詩人がロスアンヘレス上空に書いたいくつかの詩句が見えた。巨大なチリ国旗を描いたあとに書いた詩だ。

イバカチェの文章が掲載される少し前、僕はラ・ペーニャ収容所を出た。そこにいたほとんどの囚人と同じく、保釈金を課されずに釈放された。最初の数日、僕は家から出なかったので、母と父に心配され、二人の弟たちには（それも仕方ないのだが）臆病者と呼ばれ笑われた。一週間後、ビビアーノ・オリアンが訪ねてきた。僕の部屋でふたりきりになると、きみに知らせなければならないことがふたつある、ひとつはいい知らせでもうひとつは悪い知らせだと言った。いいほうは、僕たちが退学処分を受けたことだった。悪いほうは、僕たちの友人のほとんど全員が姿を消したことだった。僕は、きっと拘留されているか田舎の家に行ったんだよと言った。ガルメンディア姉妹みたいに。違うんだ、とビビアーノが言った。双子の姉妹も消えたんだ。「双子」と言ったとき、彼の声が震えた。その次に起こったことは説明するのが難しい（この物語では何もかも説明しがたいことばかりだが）。僕はベッドの脚元に座っていたのだが、ビビアーノは（文字どおり）僕の腕のなかに身を投げ出し、僕の胸に顔を埋めておいおい泣き出したのだ。最初は何かの発作を起こしたのかと思った。すぐに、これっぽっちの疑いもなく、僕たちはもう二度とガルメンディア姉妹に会うことはないと気がついた。ビビアーノは立ち上がって窓辺に近づくと、しばらくして立ち直った。すべては推測の域を出ないんだが、と僕に背を向けたまま彼は言った。うん、と僕は何の話をされているのかわからずに答えた。三つめの知らせがあるんだ、とビビアーノが言った。わかっていると思うけど。いい知らせ、悪い知らせ？　と僕は訊いた。恐ろしい知らせだよ、とビビアーノは言った。話してくれ、と僕は言ったが、すぐに付け加えた。いや、待ってくれ、深呼吸させてくれ。それはまるで、最後に僕の部屋、僕の家、僕の両親の顔を見させてくれと言っているようなものだった。

その晩、ビビアーノといっしょにラ・ゴルダ・ポサーダスに会いに行った。一見したところ、以前と変わらない様子で、むしろ前よりも調子がよく、元気だった。多動症のようにあちこち動き回るのをやめず、そのうちいっしょにいる者をいらだたせた。彼女は退学処分にはならなかった。人生はつづく。何かしなくてはならず（どんなことでもいい、たとえば三十分に五回、花瓶の位置を変える、気が変にならないように）、一瞬一瞬の状況によい面を見つけ出すこと、つまり、それまで習慣的にやってきたようにすべてのことを同時にやるのではなく、状況にひとつひとつ立ち向かうことが必要だった。そして大人になることも。だが僕たちはすぐに、ラ・ゴルダが抱えているものは恐怖だと気づいた。彼女はそれまでにないほど怯えていた。アルベルトに会ったのよ、とラ・ゴルダは僕に言った。ビビアーノがうなずいた。彼はもうその話を知っていて、話のある部分の信憑性を疑っているという印象を受けた。電話をもらったの、とラ・ゴルダが言った。僕に会いに家まで来てほしいって。あいつは家にいたためしがないじゃないかと僕は言った。どうしてそんなこと知っているのと彼女は言って笑った。彼の声を聞いて何か隠しているみたいだって気づいたんだけど、アルベルトはいつも秘密めいているから、たいしたことじゃないと思ったのよ。それで彼に会いに行ったの。一時間後に、と約束して、時間どおりに訪ねていった。家は空っぽだった。ルイス＝タグレはいなかったのか？　ううん、いたのよ、とラ・ゴルダ、でも家は空っぽで、家具ひとつなかった。アルベルト、引っ越すの？　とわたしは尋ねた。そうだよ、ゴルディータ、と彼は言った。気がついたかい？　わたしはすごく緊張していたんだけど、なんとかこらえて、最近はみんないなくなるのねと言ったの。彼は、みんなって誰のことだと尋ねた。ディエゴ・ソト、とわたしは言った。コンセプシオンから出ていったわ。それからカルメン・ビジャグラン。それにあなた（僕）の名前も出した、そのときはあなたがどこに行ったのか知らなかったから、それにガルメンディア姉妹。僕の名前は出さなかったんだ、とビビアーノが言った。僕のことは何も言わなかったんだ。そう、あなたのことは何も言わなかった。で、アルベルトはなんて言ったんだ？　ラ・ゴルダは僕のほうを見たが、そのとき初めて、彼女は頭がいいだけでなく強い人間で、ひどく苦しんでいるということに気づいた（といっても政治的な問題で苦しんでいたのではない。ラ・ゴルダは体重が八十キロ以上あったうえ、派手な見世物を、セックスと血の見世物、そして愛の見世物を、舞台への出口のない、周りから遮断され隔てられた客席から見ていたからだ）。ネズミはいつも逃げ出すんだと彼は言ったの。わたしは自分の耳が信じられなくて、今なんて言ったの？　と訊いた。するとアルベルトは振り向いて、満面の笑みを浮かべながらわたしを見たの。これはもう終わったんだ、ゴルディータ、と彼は言った。それでわたしは怖くなって、訳のわかんないことを言うのはやめて、もっと面白い話をしてよと言った。くだらない話はやめて、クソったれ、こっちが話しかけてるときはちゃんと答えてよ。こんなにひどい言い方をしたのは生まれて初めてよ、とラ・ゴルダは言った。アルベルトは蛇みたいだった。いえ、エジプトのファラオみたいだった。ただにっこり笑って、わたしをずっと見ていたんだけど、ときどき空っぽの部屋のなかを動き回っているんじゃないかっていう気がした。じっとしているのに、どうして動き回ることができるのかしら。ガルメンディア姉妹は死んでいる、と彼は言った。ビジャグランもだ。そんなの信じない、とわたしは言った。どうして死んでるのよ？　わたしを怖がらせたいんでしょ、卑怯者。女の子の詩人はみんな死んだ、と彼は言った。これが真実だ、ゴルディータ、僕のことを信じたほうがいい。わたしたちは床に座っていた。わたしは隅っこで、あの人はリビングの真ん中。絶対に殴りかかってくると思った。いきなり、突然襲ってきて、めちゃくちゃに殴られると思った。一瞬、その場で漏らしてしまうんじゃないかと思った。アルベルトはわたしから目を離さなかった。わたしはどうなるの、と訊こうかと思ったけど、声が出なかった。作り話はやめてよ、と小声で言った。アルベルトは聞いていなかった。ほかの誰かを待っているみたいだった。長いあいだ、わたしたちは一言もしゃべらなかった。わたしは知らないうちに目をつぶっていた。目を開けたとき、アルベルトは立ち上がって、キッチンの戸にもたれ、わたしを見ていた。寝ていたね、ゴルダ、と彼は言った。いびきかいてた？　とわたしは訊いた。ああ、かいてたよ、と彼は答えた。そのとき初めて、アルベルトが風邪をひいているってことに気づいたの。手に大きな黄色いハンカチを持っていて、二回鼻をかんだ。インフルエンザね、とわたしは言って笑った。意地悪だな、ゴルダ、と彼は言った。ただの風邪だ。出ていく頃合いだった。それでわたしは立ち上がると、長いことお邪魔したわねと言った。きみは僕にとって一度だって邪魔じゃなかった、と彼は言った。きみは僕を理解してくれる数少ない女性のひとりだ、ゴルダ、感謝しなくては。でも今日は、お茶もワインもウイスキーも何もない。見てのとおり、引っ越しの最中だから。そうよね、とわたしは言った。手を振って別れた。家のなかで手を振るなんてことはいつもはしないのよ、外にいるときしかしないんだけど。そうしてわたしは出ていったの。

で、ガルメンディア姉妹はどうなったんだ？　と僕は言った。知らない、とラ・ゴルダは夢から戻ると言った。どうしてわたしが知ってるっていうのよ？　なぜきみには何もしなかったんだろう？　とビビアーノが言った。だってわたしたちほんとうに友だちなんだもの、たぶんね、とラ・ゴルダは言った。

僕たちはずいぶん長いこと話し合った。ビビアーノが語ってくれたところによれば、ビーダー（Wieder）という語は「ふたたび」、「また」、「もう一度」、「二度めに」、「戻って」という意味で、文脈によっては「何度も」、未来を表わす文のなかでは「今度」になる。また彼の友人のアンセルモ・サンファアン、コンセプシオン大学のドイツ言語学の元学生が言うには、十七世紀になってから、意味の違いを明確にするために、副詞 Wieder と四格支配の前置詞 Wider の綴りが区別されるようになったという。Widar は古ドイツ語では Widar あるいは Widari で、「に反して」、「に向かって」、ときに「に対して」を意味するんだ。そう言うとビビアーノは次々に例を挙げはじめた。Widerchrist は「アンチキリスト」、Widerhaken は「鉤」、「フック」、Widerraten は「思いとどまらせること」、Widerlegung は「弁明」、「反論」、Widerlage は「防波堤」、Widerklage は「反訴」、Widernatürlichkeit は「奇怪さ」、「異常」。彼には、どの言葉もかなり示唆的に思えるという。それに、と彼はいよいよ本題に入り、こう説明した。Weide は「柳」、Weïden は「牧草を食べる」、「放牧する」、「牧草を食べている動物の世話をする」という意味だが、ここからシルバ・アセベードの詩「狼と羊」、そして人によってはこの詩のなかに読み取れるとする予言的性格に思い当たる。しかも Weïden には、性欲、そして／あるいは僕たちのサディスティックな傾向をかきたてる対象を眺めて病的な喜びを得るという意味もあるんだ。そう言ってビビアーノは目を大きく見開いて僕たちを見つめ、僕たちも彼を見つめ、三人とも黙って、何かを考え込むか祈るように両手を合わせた。それから彼は、僕たちのそばを時間が地震のように通り過ぎているかのように、疲れ切って怯えながらもまた Wieder に戻って、パイロット Wieder の祖父は Weider という名前だったが、今世紀初めに移民局の役人が綴りを間違えて Weider が Wieder に書き換えられた可能性を指摘した。もっとも、唇歯音のWと両唇音Bは耳で聞いたとき混同しやすいから、もとは Bieder すなわち「実直な」、「礼儀正しい」という名前だったということがなければだが。そのあとビビアーノは、名詞 Widder が「雄羊」、「おひつじ座」を意味することも思い出したが、ここまでくると、どんな結論を導き出すこともできた。

二日後、ラ・ゴルダはビビアーノに電話をかけ、アルベルト・ルイス＝タグレはカルロス・ビーダーだと伝えた。「エル・メルクリオ」紙の写真でわかったのよ。かなり怪しいね、とその数週間か数か月後にビビアーノは僕に言った。写真は不鮮明であまり信頼できるものではなかった。ラ・ゴルダは何を根拠にそう思ったんだろう？　第七感とかいうもののようだ、とビビアーノが言った。彼女はポーズの取り方でルイス＝タグレだとわかったと思っている。いずれにせよ、そのときにはルイス＝タグレは永久に姿を消し、僕たちの惨めな日々に意味を与えるのはビーダーしかいなかった。

ビビアーノはそのころ、靴屋の店員として働きはじめた。よくも悪くもない靴屋で、中心街にほど近い、店をたたむところが少しずつ増えていた古書店と、ウェイターが通りの真ん中で怪しげな嘘の誘いで客を釣っているありきたりの食堂と、狭くて細長く、照明の足りない洋品店が軒を連ねる一角にあった。もちろん、僕らは二度と創作ゼミに足を踏み入れることはなかった。ときどきビビアーノは将来の夢の話をした。アイルランドの田舎を舞台にした物語を英語で書きたい、少なくともスタンダールを原書で読めるようにフランス語を習いたい、スタンダールのなかに閉じこもったまま何年も時が過ぎていくのが夢だ（とはいえ、彼自身、舌の根の乾かぬうちに矛盾したことを口にして、そういったことはシャトーブリアンや十九世紀のオクタビオ・パスなら可能だが、スタンダールではできない、スタンダールでは決してできないと言っていた）、そして最後に一冊の本を書きたい、アメリカ大陸のナチ文学のアンソロジーを。すごい本になるぞ、仕事が終わったビビアーノを靴屋に迎えに行くと彼は言った。僕たちの大陸における、あらゆるナチ文学のマニフェストを網羅するんだ。カナダ（ケベックの作家が大評判をとるかもしれない）からチリまで、あらゆる嗜好を満足させるさまざまな傾向のものが見つかるはずだ。その一方で彼はカルロス・ビーダーを忘れてはいなかった。ビーダーとその作品について発表されたものをすべて、切手収集家の情熱と献身をもって集めていた。

僕の記憶が間違っていなければ、一九七四年のことだった。ある日、新聞にカルロス・ビーダーがいくつかの民間企業の支援を受けて南極に飛ぶというニュースが載った。それは困難な飛行で、あちこちに寄航することになったが、着陸したすべての場所で空中に詩を書いた。彼の賛美者はそれを、チリ民族のための新たな鉄の時代の詩だと言った。ビビアーノはその行程をひとつひとつ追いかけた。僕は、実のところ、あの空軍中尉がやるかもしれないこととかやらないかもしれないことにはもうそれほど興味が湧かなかった。あるとき、ビビアーノが一枚の写真を見せてくれた。ラ・ゴルダが、ルイス＝タグレだとわかったと思ったあの写真よりもはるかに鮮明に写っていた。実際、ビーダーとルイス＝タグレは似ていたが、そのころ僕の頭にあったのはたったひとつ、この国を出ていくということだった。ただ確かなのは、その写真にも発言にもあのルイス＝タグレの、あれほど控え目で、慎重で、魅力的に見えるほど不安げな（しかもまったくの独学の）ルイス＝タグレの片鱗は微塵も残っていなかったということだ。ビーダーは自信と大胆さの化身だった。詩について（チリの詩でもラテンアメリカの詩でもなく、まさに詩について）語るとき、どんな相手でもやりこめてしまうような威厳があった（ただし、当時のインタビュアーは新体制に忠実なジャーナリストたちだったので、我らが空軍の将官に異を唱えることなどできなかったことは言っておかなければならない）。また書き起こされた彼の発言を読むと、思いどおりにはならない僕たちの言語ではある程度仕方ないとはいえ、造語やぎこちない言い回しに満ちている一方で、その語りの力強さ、純粋さと究極的な流麗さ、つまり揺るぎない意志の反映が感じられるのだった。

南極で行なった最後の飛行（プンタ・アレナスからアルトゥーロ・プラット南極基地まで）に先立ち、プンタ・アレナスのレストランで壮行会が開かれた。記事によれば、飲みすぎたビーダーは、ある婦人に無礼な態度をとったひとりの海軍将校に平手打ちを食らわせた。その女性の素性については諸説あるが、すべてにおいて一致しているのは、主催者側はその女性を招待しておらず、出席者の誰も彼女を知らないということだった。彼女がそこにいたことについての納得できる説明としては、ひとりで勝手に入り込んだか、ビーダーといっしょに来たかしかなかった。ビーダーは彼女を「いとしいご婦人」、「いとしいお嬢さん」と呼んでいた。年齢は二十五歳くらい、背が高く、黒髪で、スタイルが抜群だった。壮行会の最中、たぶんデザートが出るころに、彼女はビーダーに向かって大声で言った。「カルロス、あんたはあした死ぬわ！」誰もがとんでもなく悪趣味な発言だと思った。そのとき海軍将校の事件が起こったのだ。その後スピーチがいくつかあり、そして翌日、ビーダーは三、四時間の睡眠をとったあとで南極に向けて飛んだ。飛行はトラブル続きで、正体不明の女性の予言が一度ならず当たるところだった。ちなみに招待客の誰も、二度とこの女性に会うことはなかった。プンタ・アレナスに戻ってきたとき、ビーダーは、最大の危険は静寂だったと述べた。ジャーナリストたちの驚いたふり、または本物の驚きを前に、静寂とは、その舌先を機体の腹に向けて伸ばすホーン岬の波、メルヴィルの巨大な鯨のような、あるいは飛行中ずっと機体に触れようとしている切断された手のような波、それでいながら静かな、猿ぐつわをかまされたような波、まるであの緯度では音は人間だけが作り出すものであるかのようだったと説明した。静寂とはハンセン病のようなものだ、とビーダーは言った。静寂とは共産主義のようなもの、静寂とは埋めなければならない白いスクリーンのようなもの。それを埋めれば、何も悪いことは起こらない。純粋でいれば、何も悪いことは起こらない。怯えなければ、何も悪いことは起こらない。ビビアーノによれば、それは天使の描写だった。恐ろしく人間的な天使？　と僕は、ブラス・デ・オテロの詩集のタイトルを思い出して訊いた。違うよ、ばかだなあ、とビビアーノが答えた。我らが不幸の天使ってことだよ。

アルトゥーロ・プラット南極基地の澄みきった空に、ビーダーはLA ANTÁRTIDA ES CHILE（南極大陸はチリだ）と書き、その様子は映像と写真に記録された。彼は別の詩句も書いた。白と黒の色について、氷について、隠されたものについて、祖国の微笑みについて、隠し立てのない、優しい、くっきりとした微笑み、目に似た微笑み、実際に僕たちを見つめている微笑みについて。その後彼はコンセプシオンに戻り、さらにサンティアゴに行き、テレビに出演した（僕はその番組を見るはめになった。ビビアーノが住んでいる下宿にはテレビがなかったので、僕の家に見に来たのだ）。確かにカルロス・ビーダーはルイス＝タグレだった（ルイス＝タグレを名乗るなんて図々しいやつだ、とビビアーノは言った。結構な名字を探し出してきたもんだ）。でもまるで彼じゃないみたいだ、と僕は思った。実家のテレビは白黒で（両親は、ビビアーノがそこにいて僕たちといっしょにテレビを見ながら夕飯を食べているのを喜んだ。まるでそのうち僕が出ていき、彼のような友だちを持つことはもう二度とないと予感しているかのように)、カルロス・ビーダーはその青白さ(写真映えのする青白さ)のせいで、かつてルイス=タグレという名だった影であるかのように見えただけでなく、ほかの多くの影、ほかの顔、同じようにチリから南極大陸へ、南極大陸からチリへ飛行機に乗って飛んだほかのパイロットたちの亡霊のようにも見えた。夜の底から、狂人ノルベルトが、戦闘機メッサーシュミットだ、第二次世界大戦から逃れてきたメッサーシュミットの飛行部隊だと言った飛行機のパイロットたちの亡霊。でも僕たちは知っていた。ビーダーは飛行部隊を組んで飛んだりはしない。ビーダーは小さな飛行機に乗り、ひとりで飛行した。

4

僕たちの詩の創作ゼミの主宰者フアン・スティンの話は、あの当時のチリのように並外れている。一九四五年生まれの彼は、クーデターが勃発するまでに二冊の本を出版していた。一冊はコンセプシオンで（五〇〇部）、もう一冊はサンティアゴで（五〇〇部）刊行され、両方合わせて五〇ページにも満たなかった。彼の詩は短く、同世代の詩人の大多数がそうであるように、ニカノール・パラとエルネスト・カルデナルからそれぞれ同じくらい影響を受けていた。ホルヘ・テイリェールが創始したラレス詩にも影響を受けていたが、スティンは僕たちにテイリェールよりもリンの詩を読むように勧めた。彼の好みは僕たちの好みとしばしば異なり、対立することさえあった。ホルヘ・カセレス（僕たちが憧れていたチリのシュルレアリスム詩人）を評価していなかったし、ロサメル・デル・バジェもアンギータも認めていなかった。彼が気に入っていたのはペソア・ベリス（彼の詩をいくつか暗記していた）、マガジャネス・モウレ（その軽薄さを、僕たちはおどろおどろしいブラウリオ・

アレナスの詩を読むことで埋め合わせた)、パブロ・デ・ロカの地理学的かつ美食的な詩(僕たちは――「僕たち」と書いてふと気づいたが、ここにはビビアーノ・オリアンと僕しか含まれていないと思う。ほかのメンバーについては、彼らの文学的好き嫌いさえ忘れてしまった――深すぎる穴を避けて通る者のように彼の詩を避けた。それに、いつだってラブレーを読むほうがいいに決まってる)、ネルーダの愛の詩と『地上の住処』(僕たちは物心ついたときからネルーダ過敏症に罹っていたので、彼の詩はアレルギーと湿疹を引き起こした)。僕たちと意見が合ったのは、今名前を挙げたパラ、リンとテイリェールだが、ただし彼らの作品の一部はやや微妙で、留保付きだ。(パラの絵はがき詩集『アルテファクトス』は僕たちを魅了したが、スティンは半ば怒り、半ば困惑しながら、ラテンアメリカ革命闘争のあの決定的な時期に彼が放ったジョークのいくつかを咎めつつ老ニカノールに手紙を書いた。パラは『アルテファクトス』の絵はがきの裏に、心配無用、右翼の人間も左翼の人間も誰も読んでいないのだからと書いてよこした。スティンがその絵はがきを大事にしまっていたのは間違いないと僕は思う。)それから僕たちはアルマンド・ウリベ＝アルセ、ゴンサロ・ロハス、それにステインと同世代の何人かの詩人、つまり四〇年代生まれの詩人たちも気に入っていた。彼らは審美的観点からの親近感というより、物理的に近くに住んでいたのでよく読んだのだが、おそらく僕たちにもっとも影響を与えた詩人たちだろう。ファン・ルイス・マルティネス(僕たちには、この国で迷子になった小さな羅針盤のように思えた)、オスカル・アーン(三〇年代末に生まれたが、たいして違いはない)、ゴンサロ・ミジャン(一度ばかり詩のゼミにやってきて自作を朗読してくれた。どれも短いが、数がとても多かった)、クラウディオ・ベルトーニ(ほとんど僕たちの世代と言っていい、つまり五〇年代生まれの詩人)、ハイメ・ケサーダ(ある日僕たちといっしょに酔っ払い、ひざまずいて大声で九日間の祈りを唱えはじめた)、バルド・ロハス(当時大流行していたある種の「やさしい詩」と距離をおいた最初の詩人のひとり。パラとカルデナルの売れ残り)、それからもちろんディエゴ・ソト、彼はステインにとって同世代のもっとも優れた詩人、僕たちにとってはもっとも優れた二人の詩人のうちの一人だった。もう一人は、ステインだ。

ビビアーノと僕は、彼の家、駅の近くにある小さな家に足しげく通った。ステインがコンセプシオン大学の学生だったころから借りていた家で、母校で教えるようになってもまだそこに住んでいた。家のなかは本よりも地図で埋まっていた。それが最初にビビアーノと僕の注意を引いた点だった。あまりに本が少なく(それに比べて、ディエゴ・ソトの家は図書館のようだった)、あまりにたくさんの地図があった。チリ、アルゼンチン、ペルーの地図、アンデス山脈の地図、中央アメリカの道路地図(北米のプロテスタント教会によって作られたもので、そんな地図はその後もお目にかかったことがない)、メキシコの地図、メキシコ征服の地図、メキシコ革命の地図、フランス、スペイン、ドイツ、イタリアの地図、イギリスの鉄道地図とイギリス文学鉄道の旅の地図、ギリシア、エジプト、イスラエル、近東の地図、古代と現代のエルサレム市街図、インド、パキスタン、ビルマ、カンボジアの地図、中国の山と河川の地図と日本の神社の地図、オーストラリアの砂漠の地図とミクロネシアの地図、イースター島の地図とチリ南部プエルトモントの市街図。

多くの地図があった。旅することを熱烈に夢見ながら、まだ一度も自分の国を出たことがない者がたいていそうであるように。

　地図といっしょに、額に入った二枚の写真が壁に掛かっていた。どちらもモノクロ写真だった。一枚には、一組の男女が家の戸口に座っていた。男はファン・ステインによく似ていた。淡い金髪、深い眼窩のなかの青い目。父と母だ、と彼は言った。もう一枚は赤軍の司令官イワン・チェルニャホフスキーの肖像写真――公式写真――で、ステインによれば、第二次世界大戦のもっとも優れた司令官ということだった。ビビアーノはその手のことに詳しいので、ジューコフ、コーネフ、ロコソフスキー、ヴァトゥーチン、マリノフスキーの名を挙げたが、ステインは自分の意見を曲げなかった。ジューコフは優秀で冷酷、コーネフは厳格でたぶんろくでなし、ロコソフスキーは才能があるうえにジューコフの助けもあり、ヴァトゥーチンはよい司令官だったが敵側のドイツ軍司令官よりも優れていたとは言えず、マリノフスキーについてもほぼ同じ、どの司令官もチェルニャホフスキーとは比較にならない（ジューコフとヴァシレフスキーと装甲部隊のもっとも優秀な三人の指揮官を全部合わせてひとりの人間にすれば、たぶん話は違うがね）。チェルニャホフスキーには生来の才能があり（戦術についてそのようなことがありうるなら）、部下たちに愛され（兵士たちが司令官を好きになれる範囲で）、しかも若かった。軍（ソヴィエト連邦では戦線と呼ばれていた）を指揮した司令官のなかで最年少だった。そして最前線で命を落とした数少ない高位の司令官のひとりだった。一九四五年、すでに戦争に勝利していたときだ。享年三十九歳。

僕たちはすぐに、ステインとチェルニャホフスキーのあいだには、ソ連軍司令官の戦略と戦術の才能に対する賞賛以上のものがあるとわかった。ある午後、政治の話をしていたとき、僕たちは、トロツキストの彼がどうしてソ連大使館に頭を下げて司令官の写真をもらってくることができたのかと質問した。冗談のつもりで言ったのだが、ステインはそうは取らず、写真は母がくれたもので、実は母はイワン・チェルニャホフスキーの血のつながった従姉妹だとあっさり打ち明けた。何年も前のこと、彼女は自分が英雄の血縁であると言って大使館に写真を頼んだのだ。ステインがコンセプシオンで学ぶために実家を出たとき、母親は何も言わずにその写真を手渡したのだという。それから彼は、ソヴィエト連邦のチェルニャホフスキー一族――ウクライナの極貧のユダヤ系――について、一族を世界中に離散させることになったさまざまな運命について話してくれた。ステインの母親の父親は司令官の父親の兄弟なので、ステインは司令官の又従兄弟であることも判明した。僕たちはすでにステインをすごい人だと、いわば無条件に思っていたが、その告白を聞いて以来、尊敬の度合いは限りなく高まった。チェルニャホフスキーについては、その後何年かのうちに、僕たちはさらに多くのことを知った。それは次のようなことだ。戦争の最初の数か月、ある装甲師団、すなわち第二八戦車師団の師団長を務め、絶えず退却をつづけながらバルト諸国とノヴゴロド近郊で戦い、その後しばらく任務がなかったが、やがてヴォロネジ地方で第六〇軍（ソ連の軍事用語においては軍団に相当する）に属する軍団（ソ連の軍事用語においては師団に相当する）の指揮を任された。四二年のナチ攻撃中に第六〇軍司令官が解任されたため、最年少の彼がその地位に就くことになったのだが、そのせいで嫉妬と恨みを買うことになった。彼は敬愛するヴァトゥーチン（当時ヴォロネジ戦線を指揮していた。戦線はソ連の軍事用語においては軍に相当するが、これはさっき書いた気がする）の指揮下で第六〇軍を無敵の戦争機械に変え、ロシアの地で進撃を重ね、その後ウクライナ領内に入り、誰もそれを止めることはできず、一九四四年、ある戦線、すなわちベラルーシ第三戦線の指揮官に昇格した。一九四四年の攻撃の際、四つのドイツ軍からなる中央軍集団が壊滅したのは彼の功績である。それは第二次世界大戦中にナチ・ドイツが受けた打撃のなかでおそらく最大で、スターリングラード包囲戦よりも、ノルマンディー上陸よりも、コブラ作戦よりも、ドニエプル川越え（彼はそこにいた）よりも大規模な損害で、アルデンヌの大反撃やクルスクの戦い（彼はそこにいた）を越えていた。バグラチオン作戦（中央軍集団の壊滅）に加わったロシア軍のなかで抜きん出た活躍を見せたのはベラルーシ第三戦線で、その進撃はとどまることを知らず、それまで誰も見たことのない速さで敵地の奥深くまで侵攻し、東プロイセンに一番乗りを果たしたことも僕たちは知った。彼はまだ子供のときに両親を亡くし、自分の家ではない家に身を寄せ、自分の家族ではない家族と暮らし、ユダヤ人が味わう愚弄と屈辱を味わったが、自分を軽蔑する者たちに、自分は彼らと同等どころかはるかに優れているのだということを見せつけた。幼いころ、ヴェルボヴォ村（なだらかな丘の斜面に白い小さな家が点在する）で、ペトリューラの支持者（ウクライナの民族主義者）たちが父親を拷問にかけ、殺害しようとするところを目撃した。彼の少年時代はディケンズとマカレンコを混ぜ合わせたようなものだった。戦争中に兄弟のアレクサンドルを失うが、そのときイワン・チェルニャホフスキーは数ある攻撃のひとつを指揮していたため、訃報はその日の午後も夜もずっと彼には伝えられなかった。彼自身は街道の真ん中でひとり死を迎えた。二度ソヴィエト連邦英雄になり、レーニン勲章、四つの赤旗勲章、二つのスヴォーロフ勲章一級、クトゥーゾフ勲章一級、ボグダン・フメリニツキー勲章一級、その他多数の、数えきれないほどの勲章を授与され、政府と党の発案によりヴィリニュスとヴィーンヌィツャに記念碑が建てられ（ヴィリニュスの碑が今日存在していないのは間違いない。ヴィーンヌィツャの碑もたぶん取り壊されているだろう）、かつての東プロイセンの町インステルブルクは現在、彼の栄誉を称えてチェルニャホフスクと呼ばれ、ヴェルボヴォ村のトマシュポル地区にあるコルホーズもやはり彼の名を冠し（今ではコルホーズそのものが存在しない）、チェルカースィ地方ウーマニ地区オクサニノ村には、この偉大な司令官を記念するブロンズの胸像が立てられた（そのブロンズの胸像が別のものに置き換えられたことに、僕は一か月分の給料を賭ける。今日の英雄はペトリューラ、明日は誰になるのだろう）。要するに、ビビアーノがパラを引用しながら言ったように、こうして世界の栄誉は過ぎ去っていく、栄誉は消え、世界は消え、哀れなモルタデラ・ソーセージのサンドウィッチも消えていくのだ。

しかしチェルニャホフスキーの肖像写真が、いくらか大げさな額に入れられて、そこに、ファン・ステインの家にあったことは確かで、その事実は胸像や、彼の名前のついた町や、ウクライナ、ベラルーシ、リトアニア、ロシアの舗装状態の悪い無数のチェルニャホフスキー通りよりも、おそらくずっと重要な（言ってみれば、はるかに重要な）ことだっただろう。なぜ写真を持っているのか自分でもわからない、とステインは僕たちに言った。おそらく第二次世界大戦でかなり高い地位についた唯一のユダヤ人司令官で、その運命が悲劇的だからだ。もっとも、写真をとってあるのはむしろ、わたしが家を出るとき、母から一種の謎かけのように渡されたせいかもしれない。母は何も言わず、ただ写真を手渡した。そうすることでわたしに何を言いたかったのだろう？　写真を贈ることで何かを言おうとしていたのか、それともひとつの対話のはじまりだったのか、云々。ガルメンディア姉妹には、チェルニャホフスキーの写真はどちらかというとぞっとする写真に思え、それよりも実にいい男に見えるロシア・シンボリズムの詩人ブロークの肖像写真か理想の恋人マヤコフスキーの写真が壁に掛かっているのを見たいと思っていただろう。チェルニャホフスキーの又従兄弟は、チリの南部で文学を教えながらいったい何をしているのか？　とステインはときどき、とくに酔っ払っているときに考えた。彼はまた、町医者姿のウィリアム・カーロス・ウィリアムズの写真を持っているので、そちらの写真に額を使おうと思っていると言うこともあった。写真のなかのアメリカ詩人は黒い鞄を手に、長年愛用して擦り切れてはいるものの、着心地がよく、寒さをしっかり防いでくれる古い上着を着て、ポケットからは聴診器が双頭の蛇のようにはみ出し、今にも落ちそうだ。白か緑か赤に塗られた木の柵がある長い静かな歩道を歩いていて、柵の向こう側には小さな中庭や芝生のある小さな区画——作業の途中で放り出された芝刈り機も——が見える。彼はつばの短い黒っぽい帽子をかぶり、曇りのない、ほとんどピカピカに光っているが、その光り方が過剰でも極端でもない眼鏡をかけていて、とても幸せというわけでも、とても不幸せというわけでもなく、それでも満ち足りた様子で（たぶん上着のおかげでぬくぬくしていたか、往診に行く患者が死にかけていないことを知っていたので）、冬のある日の夕方六時ごろに、穏やかに歩いていた。

だが、チェルニャホフスキーの肖像写真を、ウィリアム・カーロス・ウィリアムズだとされる写真と取り替えることはなかった。後者の写真の信憑性に関しては、詩のゼミの何人かのメンバー、ときにはステイン自身さえも慎重だった。ガルメンディア姉妹によれば、ウィリアム・カーロス・ウィリアムズというより、何かに、必ずしも医者ではない何かに扮し、正体を隠して故郷の町の通りを歩いているトルーマン大統領に見えた。ビビアーノによれば、よくできた合成写真だった。顔はウィリアムズで、体は別人、おそらく実際の町医者の体で、背景はいくつかの部分からなり、木の柵がそのひとつ、芝と芝刈り機は別の写真で、それから木の柵と芝刈り機のハンドルの上にとまっている小鳥、夕方の明るい灰色の空、どれもみな八つか九つの別々の写真から取られたものだということだった。ステインはどの可能性も認めたが、彼自身はどう言っていいかわからなかった。いずれにせよ、その写真を「ドクター・ウィリアムズの写真」と呼び、手放すことはなかった（ときどき、ドクター・ノーマン・ロックウェルの写真とか、ドクター・ウィリアム・ロックウェルの写真と呼んでいた）。疑いなく、彼の持ち物のうちでもっとも価値あるもののひとつだったが、誰もそれについて不思議に思わなかった。ステインは貧しく、持ち物は少なかった。あるとき（僕たちは美と真実について語り合っていた）、ベロニカ・ガルメンディアが彼に、ウィリアムズの写真ではないことがほぼ間違いないとわかっているなら、ウィリアムズの写真のなかにいったい何を見ているのかと質問した。わたしはあの写真が好きなんだ、とステインは答えた。あれがウィリアム・カーロス・ウィリアムズだと信じるのが好きなんだ。だが何と言っても、としばらくして、僕たちがグラムシの話で盛り上がっているときに付け加えた。あの写真の落ち着いた雰囲気が好きだ、ウィリアムズが仕事をしている、仕事に向かっている、徒歩で、平穏な歩道を、急ぐことなく向かっていることがわかるというその確かさが気に入っているんだ。さらにもっとあとで、僕たちが詩人やパリ・コミューンについて話しているときにこう言った。わからない。ほとんどつぶやくように言ったので、誰も聞いていなかったと思う。

クーデターが起きたあと、ステインは行方不明になり、ビビアーノと僕は長いこと彼が死んだものと思っていた。

実際、誰もが彼は死んだものと思っていた。ボリシェヴィキのユダ公が殺されるのは当然だと誰もが考えた。ある日の午後、ビビアーノと僕は彼の家の近くまで行ってみた。ドアをノックするのはためらわれた。この家は見張られているかもしれないし、ドアを開けるのは警官で、僕たちをなかに通したら最後、もう二度と外に出してもらえないかもしれないと僕たちは妄想した。そこで家の前を三度か四度通り過ぎた。明かりがついているようには見えず、僕たちはむしろ重苦しい恥ずかしさとひそかな安堵をおぼえながら立ち去った。一週間後、僕たちは互いに何も言わなかったのに、またしてもステインの家に行った。ノックしてみたが、誰も出なかった。ひとりの女が一瞬、隣の家の窓から僕たちをのぞいた。その光景はいくつかの映画のどこかの瞬間を思い出させたばかりか、ステインの家だけでなく通り全体が発する孤独と荒涼感をいっそう募らせた。三度めに行ったとき、若い女がドアを開け、その後ろを三歳にもならないふたりの子供が、ひとりは歩いて、もうひとりははいはいしながら追いかけてきた。今は夫と自分がそこに住んでいる、前の借家人には会っていない、もし何か知りたければ家主のところに話しに行ってほしいと僕たちに言った。親切な女性だった。僕たちをなかに通し、お茶をすすめてくれたが、ビビアーノと僕は断った。どうぞお構いなく、と僕たちは言った。壁からは地図とチェルニャホフスキー司令官の写真が消えていた。大事なお友だちが突然連絡もなく行ってしまったの？　と女性は微笑みながら言った。そうです、と僕たちは言った。まあそんなところです。

少しして、僕はついにチリを去った。

メキシコにいたときかフランスにいたときかは覚えていないが、ビビアーノから、ほとんど意味不明というか意味をなさない、電報ふうのとても短い手紙（少なくともビビアーノが喜んでいるのは読み取れた）と、たぶんサンティアゴの日刊紙と思われる新聞の切り抜きが届いた。その切り抜きには、サンディニスタ戦線の部隊とともにコスタリカからニカラグアに入った数名の「チリ人テロリスト」のことが書かれていた。そのひとりがフアン・ステインだった。

それ以来、フアン・ステインの消息が途切れることはなかった。紛争が起こっていたあらゆる場所で、亡霊のように姿を現わしては消えた。絶望し、それでも自己犠牲を惜しまず、狂気の沙汰としか思えない、勇猛果敢なあの忌々しいラテンアメリカ人たちが、失敗を目前にした最後の試みのなかで、現実を破壊し、建て直し、また破壊することを繰り返していたあらゆる場所で。僕は、ニカラグア南部の町リバスの占拠事件を扱ったドキュメンタリー映画のなかに彼の姿を見つけた。鋏でいい加減に切った髪、昔より痩せ、半ば兵士、半ばどこかの夏期大学の講師というといでたちで、パイプをふかし、壊れた眼鏡を針金でくくりつけてかけていた。ビビアーノは、MIRの元メンバーであるステインと他の五人がアンゴラで南アフリカ人と闘っていることを報じる記事の切り抜きを送ってくれた。その後メキシコの雑誌のコピー二枚も届いた（そのとき僕は確かにパリにいた）。そこにはアンゴラのキューバ人と、国際共産主義のいくつかのグループの対立について書かれていたが、後者のなかにふたりの命知らずのチリ人がいて、「空飛ぶチリ人」という名のグループの唯一の生存者ということだった（彼らの証言に基づく。記者とのインタビューはルアンダのバーで行なわれたと思われるので、彼らは酔っ払っていたのではないかと思う）。「空飛ぶチリ人」という名前から、僕は〈人間の鷲〉というサーカス団の名前と、そのサーカス団が果てしなくやっている毎年恒例のチリ南部巡回公演のことを連想した。ステインはもちろん、MIRの生き残りのひとりだった。そのあとおそらくニカラグアに渡ったのだと思う。ニカラグアでは、彼の手がかりがなくなることがあった。彼はゲリラ兵のリーダーで、のちにリバスの占拠事件で命を落とす司祭の代理のひとりだった。その後、大隊か師団を指揮するか、何かの副代表になるか、若い新兵を訓練する後衛部隊に移る。マナグアへの勝利の入城には参加しない。その後またしばらく消息が途絶える。噂によれば、パラグアイのソモサ暗殺部隊の一員だという。また別の噂によれば、コロンビアのゲリラグループに加わっている。アフリカに戻り、アンゴラかモザンビークにいるか、あるいはナミビアのゲリラグループといっしょにいるとも噂される。つねに危険と隣り合わせだったが、西部劇でよく言うように、まだ彼を殺す弾は作られていなかった。だがアメリカ大陸に戻ってきて、しばらくの間マナグアに滞在する。ビビアーノによれば、手紙をやりとりしているあるアルゼンチンの詩人が、次のようなことを書いてきたという。その詩人（ディ・アンヘリとかいう人物）が企画したアルゼンチン、ウルグアイ、チリの詩の朗読会がマナグアの文化センターで行なわれたとき、出席者のひとり、「金髪で長身の眼鏡をかけた男」が、チリの詩について、そして読まれた詩の選択基準（当のディ・アンヘリを含む主催者側は、政治的理由でニカノール・パラとエンリケ・リンの詩を入れることを拒否した）について若干の意見を述べた。要するに、朗読会の発起人たちに、少なくともチリの叙情詩に関して難癖をつけたのだが、実に落ち着いた様子で、激高することもなく、言ってみれば――とディ・アンヘリは書いていた――なんというか、たっぷりの皮肉と少しばかりの悲しみあるいは疲れの混じった口調で発言した。（ちなみにこのディ・アンヘリという人物は、ビビアーノがコンセプシオンの靴屋から世界中に張っている無数のアンテナを通じて手紙をやりとりする相手のなかでももっとも厚顔無恥で皮肉好きな面白い男のひとりだった。典型的な左翼の野心家だが、自分の犯したあらゆる類の怠慢や行き過ぎに対していつも詫びていた。彼の数々の失態は、ビビアーノによれば傑出したもので、スターリン時代のその悲しい人生は、立派なピカレスク小説のモデルになること間違いなしだったが、残念ながら七〇年代のラテンアメリカでは単にひとつの悲しい人生でしかなく、まったく取るに足らない出来事に彩られ、その出来事のいくつかは、とくに悪意もなく行なわれた。彼は右翼にいたほうがよかったんじゃないかと思う、とビビアーノは言っていた。だが不思議なことに、ディ・アンヘリのような者は左翼のなかに大勢いるんだ。少なくとも、と彼は言っていた。彼はまだ文学評論には携わっていないが、それは時間の問題だね。実際、あのおぞましい八〇年代に、メキシコとアルゼンチンのいくつかの雑誌に目を通しているとき、僕はディ・アンヘリの評論を何本か見つけた。思うに彼は有名になったのだ。九〇年代になると、もう彼の筆になるものを見ることはなくなったが、それは僕がだんだん雑誌を読まなくなっているからだ。）というわけでスティンはアメリカ大陸に戻っていた。それはビビアーノによれば、コンセプシオンのファン・スティンと同じ人物だったし、イワン・チェルニャホスキーの又従兄弟であることも同じだった。しばらくのあいだ、あまりに長く引き延ばされたため息のあいだ、彼の姿はさまざまな場所で目撃された。すでに述べた南米三か国の詩人の朗読会、絵の展覧会、エルネスト・カルデナルといっしょのところ（二度あった）、劇の公演。その後姿を消し、ニカラグアで目撃されることはもうなかった。だがそう遠くには行っていなかった。グアテマラのゲリラといっしょにいると言う者もいれば、エルサルバドルのFMLN（ファラブンド・マルティ民族解放戦線）の旗のもとで戦っているのは確かだと言う者もいた。ビビアーノと僕は、その名前のゲリラグループならスティンをそばに置いておくに値するという点で意見が一致した。おそらくスティンがその手でロケ・ダルトン暗殺の犯人を殺害したのだとしても（離れていると、彼の残忍さ、冷酷さはまるでハリウッド映画の登場人物のように歪んだ形で巨大化した）。チェルニャホスキーの又従兄弟、チリ南部の森のボリシェヴィキのユダヤ人と、争いを断ち切るため、革命のためにはそのほうが都合がよいという理由で就寝中のロケ・ダルトンを殺した輩が、どうして同じ夢、同じ悪夢のなかにいられたのか。そんなことはありえない。だが確かにスティンはそこにいる。いくつかの襲撃と奇襲作戦に加わり、そしてある日、今度ばかりは永遠に姿を消す。そのころ僕はスペインに住んでいて、いくつかの割に合わない仕事に就いていたので、テレビはなく、新聞もめったに買わなかった。ビビアーノによれば、ファン・スティンはFMLN最後の襲撃の最中に殺された。この襲撃によって、エルサルバドルの首都サンサルバドルのいくつかの地区が制圧され、そのニュースは広く報じられた。僕はその遠い戦争の断片を、バルセロナで食事をしたり酒を飲んだりしに行っていたいくつかのバルで見たのを覚えている。客たちがテレビを見つめていたが、話し声や行き交う皿がぶつかる音で何も聞こえなかった。記憶に残っている映像(従軍記者たちが撮影した映像)さえも、霧がかかったようにぼんやりとして断片的だ。ただ二つのことだけは完璧に鮮明に覚えている。ひとつはサンサルバドルの通りに作られたバリケード、バリケードというより縁日の射撃場のようなひどくみすぼらしいバリケードで、もうひとつは、FMLNの指揮官のひとり、小柄で浅黒い屈強な男の姿だ。アキレス指揮官だかウリセス指揮官と呼ばれていたが、カメラに向かって話した直後に殺されたことを僕は知っている。ビビアーノによれば、あの絶望的な襲撃を率いた指揮官たちはみな、ギリシアの英雄か半神の名前をもっていた。スティンの名前は何だったのだろう? パトロクロス指揮官、ヘクトール指揮官、パリス指揮官? わからない。アイネアスはきっと違う、ウリセスでもない。戦闘が終わって死体が回収されたとき、そのなかに金髪で長身の男の死体があった。警察の記録に簡潔な記述がある。両腕と両脚に傷跡、古傷、右腕に後ろ脚で立つライオンの入れ墨。入れ墨の彫りは上等。職人の仕事、神かけて、エルサルバドルではお目にかかれない代物。警察の情報部にはその金髪の身元不明者はハコボ・サボティンスキー、アルゼンチン国籍で、ＥＲＰ（人民革命軍）の元メンバーという記録が残っている。

何年も経ってから、ビビアーノはプエルトモントに行き、ファン・ステインの実家を探したが、同じ名字の人は見つからなかった。ストーネが一人、ステイネルが二人、ステーンが三人（こちらは家族）。まずストーネを外し、二人のステイネルと三人のステーンのもとを訪ねた。後者は彼に話せることがあまりなかった。ユダヤ人ではなく、ステイン家についてもチェルニャホフスキーについても知らず、ビビアーノに向かって、きみはユダヤ人なのか、この件に金が絡んでいるのかと質問した。この時期、プエルトモントは経済成長の波に乗っている最中だったのだと思う。ステイネル二人は確かにユダヤ人だったが、出身はポーランドで、ウクライナではなかった。ひとりめのステイネルは体が大きくて肥満体の農業技術者で、あまり役には立たなかった。ふたりめのステイネルは、ひとりめの男の叔母で、中学校のピアノ教師だった。ステイン未亡人が一九七四年にジャンキウエに移り住んだことを覚えていた。でもあの人はユダヤ人ではありません、とピアノ教師は明言した。頭の整理がつかないまま、ビビアーノはジャンキウエに向かった。おそらく、と彼は思った。あのピアノ教師は、ステイン未亡人がユダヤ教の教えを実践していなかったので勘違いしたにちがいない。ファン・

ステインとその一族の歴史（赤軍の司令官だった又従兄弟）を考えれば、彼らが無神論者であってもおかしくはない。

ジャンキウエでは、村はずれにあった。ステイン未亡人の家を見つけるのに手間はかからなかった。緑色に塗られた小さな木造の家で、家の門をくぐると、まるでミニチュアの牛のような黒いぶちの白い犬が人なつこく彼を迎えてくれた。鐘のように鳴り響く呼び鈴――実際、鐘だったのかもしれない――を鳴らしてしばらくすると、三十五歳くらいの女がドアを開けた。ビビアーノがそれまで会ったなかでもっとも美しい女性のひとりに数えられるような美人だった。

彼はその家にステイン未亡人が住んでいるかどうか尋ねた。住んでいたけど、ずいぶん前のことよ、と女は楽しそうに答えた。それは残念です、とビビアーノは言った。十日前からその人を探し歩いているのですが、もうすぐコンセプシオンに戻らなくてはなりません。すると女は彼をなかに通し、午後のお茶にするところだったのでよければいっしょにと言ってくれて、ビビアーノは当然ながら、はいと言い、そのあと女は、ステイン未亡人が亡くなってもう三年が経つと打ち明けた。急に悲しげな顔をしたので、ビビアーノは自分のせいだと思った。女はステイン未亡人とは知り合いで、友だちではなかったものの、いい人だと考えていた。少し威圧的なところがあって、厳格なドイツ女性の典型だったけれど、根はいい人だったのよ。僕は会ったことがないのです、とビビアーノは言った。実は息子さんが亡くなったことをお伝えしようと思ってその方を探していたのですが、たぶんこれでよかったのでしょう、お子さんが亡くなったと誰かに告げるのは、いつだって残酷なことですから。そんなはずないわ、と女は言った。あの人の子供はひとりだけだし、彼女が亡くなったとき、息子さんはまだ生きていたもの。わたしは彼とは友だちと言っていい間柄だったのよ。ビビアーノはアボカドを載せたパンがのどに詰まったような気がした。息子さんがひとり？　そうよ、独身で、とてもいい青年だった、なぜ一度も結婚しなかったのかしら、きっとひどく内気だったせいね。ということは、僕はまた間違ってしまったんだ、とビビアーノは言った。僕たちはきっと別のスティン家の話をしているんです。未亡人の息子さんは、もうジャンキウエには住んでいないのですか？　去年バルディビアの病院で亡くなったそうよ。わたしたち友だちだったけれど、お見舞いには行かなかったの、そこまで親しくはなかったから。死因は？　癌だったと思う、と女はビビアーノの手を見つめながら言った。左翼でしたよね？　とビビアーノはか細い声で尋ねた。そうかもしれない、と女は言うと、突然また明るい顔になり、目を輝かせた――それまで僕は人が目を輝かせるのを見たことがなかったと思ったくらいに、とビビアーノは言っていた。左翼だったけれど活動家ではなかったわ、物静かな左翼、一九七三年以来のチリの多くの人々のように。ユダヤ人ではなかったですよね？　ええ、と女は言った。でもどうかしら、ほんとうのことを言うと、わたしは宗教の問題には興味がないの、でも、あの人たちがユダヤ人だったとは思わないわ、ドイツ人よ。彼の名前は？　ファン・スティンよ。ファニート・スティン。それで、彼の仕事は？　学校の先生、でも趣味はモーター修理、トラクターとか、コンバインとか、井戸のポンプとか、何でも。モーターに関しては本物の天才だった。結構な小遣い稼ぎになっていたわ。自分で交換用の部品を作ることもあったのよ。ファニート・スティン。お墓はバルディビアにあるのですか？　と思うけど、女はそう言うと、また悲しげな顔をした。

　そこでビビアーノはバルディビアの墓地に行き、係員のひとりにチップをはずんで、彼とともに、長身で金髪だが一度もチリを出たことのないそのファン・ステインの墓を一日がかりで探したが、どんなに探してもその墓は見つからなかった。

5

一九七三年末、あるいは一九七四年の初めに、フアン・スティンの親友でライバルだったディエゴ・ソトも行方不明になった。

二人はいつも一緒で（一人がもう一人の詩のゼミにいるところは見たことがなかったが）、たとえチリの空が粉々に砕け落ちてきたとしても、二人は詩について議論を交わしつづけただろう。スティンは長身で金髪だが、ソトは小柄で褐色の髪、スティンはたくましく頑健だが、ソトは貧弱な骨格で、将来ぶくぶくに太りそうな体つき、スティンはラテンアメリカ詩を専門にしていたが、ディエゴ・ソトはチリでは誰も知らない（今もあいかわらず知られていないと思う）フランスの詩人を翻訳していた。そしてこのことが、当然ながら多くの人の反感を買った。あのちびで不細工なインディオが、アラン・ジュフロワ、ドニ・ロシュ、マルスラン・プレネを訳したりやつらと文通しているなんて、そんなことありえるか。ミシェル・ビュルトー、マチュー・メサジエ、クロード・プリュー、フランク・ヴナイユ、ピエール・ティルマン、ダニエル・ビガ、こいつら一体何者だ？　ドゥノエル社から出たジョルジュ・ペレックとかいうやつの本をソトの馬鹿はどこにでも持ち歩いてるが、そいつのどこがすごいんだ？　彼が本を小脇に抱え、いつもきちんとした身なりで（浮浪者のような格好をしていたステインとは違う）、コンセプシオンの通りを医学部のほうに向かって歩いている姿、もしくは劇場か映画館の列に並んでいる姿が見られなくなり、大気中に蒸発してしまった日、結局誰もそのことに気づかなかった。多くの人は彼の死を喜んだことだろう。厳密に政治的な問題からではなく（ソトは社会党支持者だったが、たんなる支持者というだけで、忠実な投票者でさえなかった。僕なら彼をペシミストの左翼と呼ぶだろう）、審美的性質の問題からだった。つまり自分よりも頭がよく、自分よりも教養があり、しかもそれを隠そうとする世渡りの才をもたない人間が死んだのを知ったときの嬉しさからだ。今こう書くと嘘のように思える。だが実際そうだった。ソトの敵対者たちは彼の辛辣ささえ許すことができただろうが、決して許すことができなかったのは彼の無関心な態度だった。彼の無関心と彼の知性だった。

しかしソトは、ステインと同じく（もちろんステインには二度と会うことはなかった）、亡命者としてヨーロッパに姿を現わした。最初は東ドイツにいたが、いくつかの不愉快な事件のあと、最初のチャンスをつかまえて脱出した。亡命の悲しい言い伝えによれば――そこでは話の半分以上は捏造か、実話の幻影でしかない――ある晩、別のチリ人に思いきり棒で殴られ、頭蓋骨損傷とあばら骨二本の骨折という大怪我を負い、ベルリンの病院に入院した。その後フランスに落ち着き、スペイン語や英語を教えたり、流通には乗らない本のためにラテンアメリカの風変わりな作家たちを翻訳しながら生き延びた。ほとんどすべてが幻想世界かポルノに傾倒する二十世紀初頭の作家で、そのなかにはバルパライソの忘れられた小説家ペドロ・ペレーダがいた。彼は幻想作家であると同時にポルノ作家で、おぞましい物語をひとつ書いている。ある女の体のあちこちに膣と肛門の穴ができる、というか正確には開いてくるので、それを見た身内の者は当然ながら驚愕し（物語は一九二〇年代に起こるが、七〇年代であっても九〇年代であっても、少なくともその驚きは同じだと思う）、その後チリ北部の売春宿に幽閉される。それは鉱夫相手の売春宿で、女は売春宿に閉じ込められただけでなく、売春宿のなかの窓のない部屋に閉じ込められる。そして最後には、形のない、原始的で巨大な出たり入ったりする穴そのものになり、売春宿を切り回していた老人、仲間の娼婦たち、恐怖に怯える客たちを殺害し、その後中庭に出て、砂漠に入っていき（歩いていったのか、空を飛んでいったのか、その点をペレーダは明らかにしていない）、やがて大気中に飲み込まれてしまう。

ソトは二十一歳で自殺したベルギーの詩人、ソフィー・ポドルスキーもスペイン語に翻訳しようとし（できなかった）、『エデン・エデン・エデン』と『売淫』の作者ピエール・ギュヨタも訳そうとし（これもできなかった）、ジョルジュ・ペレックのeの文字を使わずに書かれた推理小説『煙滅』のスペイン語への翻訳も試みた（あまりうまくいかなかった）。半世紀前にハルディエル・ポンセラが、eの母音がその不在によって逆に際立つ短篇小説で行なったことを応用しようとしたのだ。しかしeを使わずに書くこととeを使わずに翻訳することは別の話だった。

ソトと僕が同時期にパリに滞在していたとき、僕は一度も彼に会いに行かなかった。当時の僕は、昔の知り合いと会うような気分ではなかったのだ。それに、あとで聞いたところによると、ソトの懐具合はどんどんよくなり、フランス人女性と結婚し、その後子供が生まれたことも知った（もし正確を期したほうがいいなら、そのとき僕はスペインにいた）。彼はアムステルダムのチリ人作家の集まりに定期的に出席し、メキシコ、アルゼンチン、チリの詩の雑誌に寄稿し、彼が書いた本はブエノスアイレスかマドリードで出版されてさえいたはずだ。その後大学で文学を教え、そのおかげで読書と研究に打ち込む時間と経済的安定が得られ、すでに二人の子供――男の子と女の子――の父親になっていたことを、ある女友だちを通して知った。チリに戻るつもりはさらさらなかった。幸せ者、それもかなりの幸せ者だと僕は思った。次のような生活は容易に想像できた。パリに快適なアパルトマン、あるいはおそらくパリ近郊のどこかの村に一軒家をもち、防音を施した書斎の静けさのなかで本を読み、子供たちはテレビを見、妻は食事の仕度をしているかアイロンをかけていて（誰かが食事の仕度をしなければならないからね）、あるいはたぶん（そのほうがよいが）アイロンをかけているのはお手伝いさん、ポルトガルかアフリカ出身の家政婦で、ソトはそうやって防音の書斎で本を読むか、もしかすると執筆することもでき（彼は決して多作ではなかった）、家庭内の問題による良心の呵責もなく、妻は自分の書斎（これは子供部屋のそばにある）あるいは居間の隅に置かれた十九世紀製の小さな机で、テストの採点をしたり、夏休みの計画を立てたり、その晩二人で見に行く映画をどれにするか決めようと、新聞の映画欄をぼんやりと眺めていた。

ビビアーノによれば（ソトとはわりに頻繁に手紙のやりとりをしていた）、彼はブルジョワ化したわけではなく、以前からずっとそうだった。本との付き合いは、とビビアーノは言った。多少の定住性、ある程度のブルジョワ化は避けられないんだ、そうでないというなら、僕を見てほしい、とビビアーノは言った。別の尺度ではあるが――ますます嫌になっている、あるいはますます好きになっている（実はどちらかよくわからない）靴屋で働き、ずっと同じ下宿に住んでいる――僕のしていることと（あるいは自分にさせていること）は、ソトのしていることとほとんど変わらない。

ひとことで言えば、ソトは幸せだった。呪いから逃げおおせたと信じていた（あるいは少なくとも僕たちはそう信じていた。ソトは呪いなんか信じなかったと僕は思う）。

そのころ彼は、アリカンテで催されるイスパノアメリカの文学と批評をめぐる討論会に出席してほしいと招待を受けた。

冬だった。ソトは飛行機に乗るのが嫌いだった。飛行機に乗ったのは人生で一度だけ、一九七三年の末、サンティアゴからベルリンに旅立ったときだけだ。そんなわけで彼は汽車に乗り、一晩かかってアリカンテに降り立った。討論会は週末の二日間に行なわれたが、ソトは日曜の晩にパリに戻るかわりに、アリカンテにもう一泊した。帰国を遅らせた理由はわかっていない。月曜の朝、ペルピニャン行きの汽車の切符を買った。途中、事故は起こらなかった。ペルピニャン駅に着くと、その夜出発するパリ行きの汽車を調べ、午前一時発の切符を買った。午後の残りの時間は町の観光に費やし、バルに入り、古本屋を訪れ、フランス領カタルーニャの前衛詩人で第二次世界大戦中に死んだガラウ・

ダ・カレーラの本を一冊買ったが、時間を潰すときは、その朝アリカンテで手に入れた文庫本の推理小説（バスケス・モンタルバン？　ファン・マドリード？）を読んで過ごした。アリカンテ―ペルピニャン間の車中では、若者のように夢中になって読書に没頭していたにもかかわらず、結局最後まで読み終えることなく、折られたページが一五五ページまで進んでいたことを示していた。

ペルピニャンではピザ屋で食事をした。いいレストランに行き、ルシヨン地方の名高い郷土料理を食べなかったのは奇妙なことだが、ピザ屋で食事をしたのは確かだ。警察医の報告書は明快で疑いの余地がない。ソトは野菜サラダ、山盛りのカネロニ、チョコレートとイチゴとバニラとバナナのアイスクリーム盛り合わせ（それもか・な・り・の量）、ブラックコーヒー二杯という夕食をとった。それにイタリアの赤ワインを一本空けた（たぶんカネロニには合わないワインだが、僕はワインについては全然詳しくない）。夕食のあいだ、例の推理小説と「ル・モンド」紙を両方読んでいた。夜の十時ごろ、ピザ屋を出た。

いくつかの証言によれば、彼は深夜零時ごろ駅に現われた。乗る予定の汽車が出るまで一時間あった。駅のバルのカウンターでコーヒーを一杯飲んだ。旅行鞄を持ち、もう一方の手にはカレーラの本と推理小説と「ル・モンド」紙を持っていた。コーヒーを出した給仕によれば、しらふだった。

バルには十分もいなかった。一人の駅員が、ゆっくりと、だがしっかりした足取りでホームを歩く彼の姿を見ている。酔っ払ってはいなかった。ダリが言った、あの開いた難路に迷い込んでしまったものと思われる。彼が望んでいたのはまさにそれだったと思われる。ダリがインスピレーションを受けたペルピニャン駅の至高の壮麗さのなかに一時間迷い込むこと。ダリが夢想した、駅構内に隠れることなく隠れている（数学的、天文学的、神話的な?）道を辿ること。実際のところは、ひとりの旅行者として。ソトがコンセプシオンを去ってからずっとそうであったように、旅行者として。ラテンアメリカ人旅行者、当惑しているのと同じくらい絶望した旅行者（ゴメス・カリージョは僕たちのヴェルギリウスだ）、だが所詮は旅行者として。

そのあと起きたことは曖昧模糊としている。ソトは、大聖堂のあたりか、巨大なアンテナであるペルピニャン鉄道駅で迷う。時間と寒さ――季節は冬――のせいで、午前一時発パリ行きの汽車の出発が迫っているにもかかわらず、駅にはほとんど誰もいない。ほとんどの人はバルか中央待合室のなかにいる。ソトは、どのようにしてかはわからないが、たぶん人の声に引き寄せられて離れた場所にやってくる。そこで三人のネオナチの若者と床の上の何かのかたまりを目にする。若者たちは執拗にその何かを蹴っている。ソトは入り口で立ち止まり、そのかたまりが動くのを、襤褸《ぼろ》のすき間から手が、信じられないくらい汚い腕が突き出るのを目にする。その浮浪者は女で、もう蹴らないで、と叫んでいる。その悲鳴を聞く者はひとりもいない、チリ人の作家を除いては。おそらくソトの目に涙があふれる、自己憐憫の涙、彼は自分の運命を見つけたと直感する。人生はテルケルとウリポのあいだで決断を下し、三面記事を選んだ。いずれにせよ、入り口の敷居のところで旅行鞄と本を手から離し、若者たちのほうに向かっていく。戦いを始める前にスペイン語で罵倒する。チリ南部特有の敵対心むき出しのスペイン語。若者たちはナイフでソトを刺し、逃げ去る。

カタルーニャの新聞に記事が載った。ひどく短い記事だったが、僕はビビアーノの手紙、ほとんど探偵の報告書のようなひどく長い手紙で事件のことを知った。それが彼から受け取った最後の手紙になった。

最初はビビアーノから手紙が来ないことにいらいらした。しかし僕がめったに返事を書かないことを考えれば当然のことだと思い直し、恨まないことにした。何年か経ってビビアーノに教えてやりたい話をひとつ知ったが、そのときはもうどこに手紙を送ったらいいかわからなかった。それはペトラの物語で、ある意味でファン・ステインの分身の話が僕たちの知っているファン・ステインに対するものであるのと同じように、この話はソトに対するものである。ペトラの物語は昔話のように語ったほうがいいだろう。むかしむかし、チリにひとりの貧しい男の子がいました……というように。男の子の名前はロレンソだったと思うが、あまり自信がない。それに名字も忘れてしまったが、そのうち誰かが思い出してくれるだろう。さてそのロレンソは、木や電柱に登って遊ぶのが好きな男の子だった。ある日、そのへんの電柱に登って感電し、両腕を失った。腕を肩のあたりで切断しなければならなくなったのだ。そのためロレンソはチリで、腕がないまま大きくなった。そのこと自体、彼の置かれた状況を十分に不利にしたが、おまけに、育ったのがピノチェト政権下のチリだった。これはあらゆる不利な状況を絶望的なものに変えた。それだけではない。やがて彼は自分が同性愛者だということを知る。このことはすでに絶望的だった状況を想像も言語も絶するものに変えた。

こうしたすべての条件下で、ロレンソがアーティストになるのはなんら不思議なことではない。

（ほかにどんなものになれるというのだ。）しかし、貧しく、両腕がなく、しかもホモの人間が第三世界でアーティストになるのは難しい。そこでロレンソは一時期、別のことに打ち込んだ。勉強し、知識を身につけた。街頭で歌をうたった。そして恋をした。なにしろ救いがたいロマンティストだったのだ。彼の失望（屈辱、軽蔑、無関心は言うに及ばず）はどうしようもなく大きく、ある日——記念すべき日——自殺することにした。格別に悲しいある夏の午後、太陽が太平洋の向こう側に隠れたとき、ロレンソは、自殺者専用の岩から海に飛び込んだ（チリ沿岸部でこれを誇りにしている場所は多い）。彼は目を開けたまま、石のように沈んでいった。どんどん黒くなっていく海水と、自分の口から出る泡が見えたが、やがて足が無意識に動いて、水面に浮かび上がった。波のせいで海岸は見えず、目に入ったのは岩と、遠くに浮かぶ遊覧船か漁船のマストだけだった。その後ふたたび沈んだ。今度も目をつぶらなかった。落ち着いて頭を動かし（麻酔をかけられた人間の沈着さ）、目で何か、何でもいいから美しいものを探し、最後の瞬間の記憶にとどめようとした。しかしまわりの黒さが、彼とともに海底に向かって降りていくもののすべてを覆ってしまい、何も見えなかった。すると、よく言われるように、彼のこれまでの人生が映画のように次々と目の前を通り過ぎていった。モノクロの場面もあれば、カラーの場面もあった。かわいそうな母の愛、かわいそうな母の自慢、チリの貧しいすべての人々が危機にさらされていたとき、夜になると自分を抱きしめてくれたかわいそうな母の疲労（モノクロ）、体の震え、おねしょをした夜、病院、視線、動物園の視線（カラー）、自分たちが持つわずかなものを分かち合える友、僕たちを慰めてくれる音楽、マリファナ、思いもかけない場所で明かされる美（モノクロ）、ゴンゴラのソネットのように短くも完璧な愛、人は一度しか生きられないという宿命の（とはいえ宿命のなかでの怒りに満ちた）確信。突然勇気がわいて、死んでたまるものかと思った。今しかないとつぶやき、彼は水面に戻ったという。上にたどり着くまでの時間は永遠につづくように思われた。浮かびつづけるのは我慢できないほど苦しかったが、ついに顔を出すことができた。その午後、両腕がなくても、ウナギかヘビのように泳げることを知った。この政治社会情勢のなかで自殺するなんてばかげたことだし、する必要もないと彼は言った。無名の詩人になったほうがまだましだ。

そのときから彼は絵を描きはじめ（口と足を使って）、踊りはじめ、詩とラブレターを書きはじめ、楽器を弾きはじめ、歌を作りはじめ（彼が足の指でピアノを弾いている一枚の写真がある。カメラのほうを見て微笑んでいる）、お金を貯めはじめた。チリを出ていくために。

苦労の末に、彼はついに国を出ることができた。ヨーロッパでの生活は、当然ながら、それほど楽ではなかった。一時期、おそらく何年かの間（ロレンソは僕やビビアーノよりも若く、ソトやスティンよりもはるかに若かったが、亡命の雪崩が収まったころにチリを去った）、オランダ（彼は大いに気に入った）、ドイツ、イタリアのさまざまな都市で街頭ミュージシャン兼ダンサーとして生計を立てた。マグレブやトルコやアフリカからの移民が暮らす地区の安宿に住み、ときに恋人の家で暮らした幸せな時期もあったが、結局は恋人を自分から捨てたり、逆に捨てられたりした。そして街頭での仕事が終わったあと、ゲイバーで酒を飲むか、ミニシアターでの連続上映を楽しんだあと、ロレンソ（あるいはロレンサ、彼はそう呼ばれるのも好きだった）は部屋に閉じこもり、絵を描くか執筆に打ち込んだ。人生の多くの時期を彼はひとりで生活した。彼のことを世捨て人の曲芸師と呼ぶ者もいた。友人たちは、糞をしたあとどうやって尻を拭くんだ、果物屋でどうやって金を払うんだ、金をどうやってしまうんだ、どうやって料理するんだと質問した。いったいぜんたい、おまえはどうやってひとりで暮らしていけるんだ？　ロレンソはすべての質問に答え、その答えはほぼつねにウィットに富んでいた。ウィットがあれば、彼または彼女はどんなこともうまく切り抜けられる。例をひとつ挙げてみよう。隻腕の詩人ブレーズ・サンドラールが、ボクシングでどんな相手も打ち負かすことができるのなら、どうしてロレンソが糞をしたあと尻をきれいに――しかもとてもきれいに――拭けないというのか。

ドイツ（興味を惹かれるが、しばしばぞっとさせられる国）で彼は義手を買った。まるで本物の腕のようで、なにより気に入ったのは、その義手をつけて歩くとき、SFのような気分、ロボット工学の気分、自分がサイボーグになったような気がしたことだった。たとえば、すみれ色の地平線にいる友だちのもとへ歩いていくとき、遠くから見ると本当の腕を持っているように見えるのだ。だが街頭で仕事をするときは義手を外したし、彼の恋人たち、義手だと気づかない人たちにまず最初に伝えるのは、自分は両腕がないということだった。なかには、その状態のほうが、つまり腕がないほうがいいと言ってくれる者さえいた。

歴史的なあのバルセロナ・オリンピックの少し前に、ドイツを旅行していたカタルーニャ人の男優か女優か俳優たちの一行が、街頭で、あるいは小劇場だったかもしれないが、彼のパフォーマンスを見て、ペトラをやってくれる人を探していた担当者に話をした。ペトラとはマリスカルがデザインしたマスコットで、あるいはオリンピックの直後に開催されるパラリンピックの象徴と言ったほうがより正確だろう。ペトラの衣装を身につけた彼が、ボリショイ・バレエ団の精神分裂病のダンサーよろしく足を使って見事な動きをするのを見たとき、マリスカルは、まさにわたしが思い描いていたペトラだと言ったといわれている。（マリスカルはこのように簡潔にものを言うといわれている。）そのあと二人は話をし、ロレンソのことがすっかり気に入ったマリスカルは、絵を描いても執筆をしても何をしてもいいからバルセロナに来るようにと自分のアトリエを提供した。（マリスカルはこのようにたいへん気前がいいといわれている。）実際のところ、ロレンソまたはロレンサは、マリスカルのアトリエを使わなくても、パラリンピックの開催中このうえなく幸せだった。初日からマスコミの寵児となり、インタビューの申し込みが殺到し、ペトラは相棒であるバルセロナ・オリンピックの公式マスコット、コビーの影すら薄くしていたように見えた。ちょうどそのころ、ぼろぼろになった肝臓のせいで僕はバジェ・アブロン・ダ・バルセロナ病院に入院していて、毎日、新聞を二、三紙読んでいたおかげで、彼の成功、彼の口にする冗談、彼のエピソードを知ることができた。ときには彼のインタビュー記事を読んで笑い転げ、ときに涙することもあった。テレビに出ているのを見ることもあった。彼は自分の役割をとてもうまくこなしていた。

三年後、彼がエイズで死んだことを知った。僕にそのことを教えてくれた人は、彼がドイツで死んだのか南米で死んだのかは知らなかった（そもそもチリ人だということを知らなかった）。

ときどきスティンやソトのことを考えると、ロレンソのことも考えずにはいられない。ロレンソはスティンやソトよりも優れた詩人だったと思うことがある。でも彼らのことを考えるときはたいてい、三人の姿がいっしょに見えるのだ。

三人を結びつけているのはチリで生まれたことだけなのに。それと一冊の本、スティンはおそらく読んでいて、ソトも確かに読んでいて（メキシコで発表された亡命と放浪についての長い論文のなかで、彼はその本に言及している）、そしてロレンソも、何か読むときはほぼつねにそうだったように、夢中になって読んだ本（どうやってページをめくったかって？　舌を使ってだ！　僕たちだってみなそうすべきなのだ！）。本のタイトルは『我がゲシュタルトセラピー』、著者はフレデリック・パールズ博士、精神科医で、ナチ・ドイツからの亡命者にして三大陸を渡り歩いた放浪者だった。スペインでは、僕の知るかぎり、翻訳されていない。

6

だがそもそもの始めに戻ろう。カルロス・ビーダーとあの一九七四年に戻ろう。

当時、ビーダーは名声の絶頂にあった。南極大陸とチリの多くの町の上空で成功を収めたあと、首都で何か話題になりそうなことをやるために、新政権と前衛芸術は争ってなどいないと世界に向けて表明するような何か壮大なことをやるために、彼はサンティアゴに呼ばれた。

ビーダーは喜んで首都に向かった。サンティアゴではプロビデンシア地区にある同期生のアパートに泊まった。昼間はリンドストロム大尉飛行場に通って練習し、軍人クラブに出入りしたり友人の実家を訪問し、友人の姉妹や従姉妹や女友だちと知り合った(あるいは知り合いにさせられたと言ってもいい。こういうことはいつもどこか無理やりなところがある)。女たちは彼の立ち振る舞いや礼儀正しく一見内気なところに魅了されたが、同時にその冷たさ、目のなかにあるよそよそしさ——彼の目の奥にはもう一対の目があるとピア・バジェは言った——にも惹かれた。夜はようやく自由になって、アパートで来客用の寝室の壁を使って写真展を開く準備をひとりで進めた。写真展のオープニングは、自分の空中詩のショーと同じ日に定めた。

何年か経って、アパートの持ち主は、ビーダーが展示するつもりだった写真は展覧会の直前まで見せてもらえなかったと証言している。ビーダーの計画を聞いたとき、家主の最初の反応はもちろん、写真を展示するために居間、何なら家全体を提供してもよいというものだったが、ビーダーはその申し出を断った。写真はそれを撮った人の部屋のような限られた明確な枠が必要だと主張した。空中に詩を書いたあと、そのエピローグは詩人の居室のなかで限定的に見せるのがふさわしい——しかもそれは魅惑的なまでに逆説的だ——とも言った。どのような写真かという点については、アパートの持ち主によると、ビーダーは観客を驚かせることを狙い、それが、視覚的、実験的、本質的な詩であり、純粋芸術であって、観る者全員を楽しませるようなものだとしか事前に教えなかったという。しかも、オープニングの夜までは彼を含め誰もその部屋に入らないよう約束させられた。アパートの持ち主は、もしお望みとあらば安全を期すために、クローゼットのどれかに部屋の鍵があるはずだから探してもいいと申し出た。ビーダーは、その必要はない、将校として誓ってくれればそれで十分だと言った。アパートの持ち主は、部屋のなかに入らないことを厳かに誓った。

プロビデンシア地区のパーティーに招待されたのは、当然のことながら限られた、選び抜かれた客だった。パイロット数名、若くて（一番年長の者でもまだ少佐になっていなかった）教養のある、あるいは少なくとも、それなりの理由があって教養があると思われる軍人が数名、記者三名、造形芸術家二名、元前衛芸術家で、軍事クーデター後、若き日の情熱を取り戻したらしい右翼の老詩人、社交界の若い花形（知られているかぎりでは、写真展を訪れた女性はただひとり、タチアナ・フォン・ベック＝イラオラだけだった）、そしてビニャ・デル・マルに住んでいた病気がちのカルロス・ビーダーの父親。

すべては出だしからつまづいた。航空ショーの当日、夜が明けると、渓谷の南に向かって真っ黒な分厚い雲の大きな塊が積み重なって低く垂れこめていた。上官のなかには飛行を思いとどまらせようとする者もいた。ビーダーは不吉な前触れを無視し、格納庫の薄暗い片隅で誰かと言い争ったらしい。やがて飛行機は飛び立ち、見物客は、感嘆してというよりもうまくいくことを願いながら、いくつかの小手試しの旋回を見た。地面すれすれの飛行、宙返り、逆向き宙返り。だが少しも煙を残さなかった。軍関係者やその夫人たちは喜んでいたが、空軍司令官たちは本当は何が起きているのだろうと不思議に思った。すると飛行機は高く舞い上がり、黒い嵐雲を先導するかのようにゆっくりと町の上空を移動していた、灰色の巨大な雲の広がりのなかに消えた。

ビーダーは、ヨナが自分を飲み込んだ鯨の腹のなかを進むように、雲のなかを飛行した。しばらくのあいだ、航空ショーの見物客は、ビーダーが爆音を響かせてふたたび姿を現わすのを待った。何人かは、パイロットがわざと自分たちをリンドストロム大尉飛行場の仮設観覧席に座らせたまま置き去りにしていったかのように落ち着かない気持ちになり、詩ではなく雨しかもたらさないであろう空を見つめた。ほかの大部分の観客は、幕間を利用して席を立ち、身体をほぐし、足を伸ばし、挨拶を交わし、できたかと思えば消える人の輪（そこには言いかけたことを最後まで言えない誰かが必ずいた）に加わり、最新の噂話に花を咲かせ、新しい任務や辞令、国家が直面している喫緊の問題について話し合った。もっと若く、もっと意気盛んな者たちは、最近あったパーティーや最近まとまった婚約の話で盛り上がった。ビーダーの熱狂的ファンでさえ、飛行機が再登場するのを静かに待ったり何もない不吉な空を百の異なる方法で解釈してみるかわりに、日々の生活についての実際的な話をしていたが、そうした話題はチリの詩やチリの芸術とはほとんどと言っていいほど関係がなかった。

ビーダーは飛行場からはるか離れたサンティアゴ郊外の地区の上空に姿を現わした。そこで最初の詩句を書いた。「死とは友情」。それから鉄道倉庫の上、さらには廃工場のような建物の上を滑空したが、通りには段ボール箱を引きずる者たちや塀に登る子供たち、犬の姿が見えた。左のほう、つまり九時の方角には、線路を挟んで二つの広大なスラム街が広がっていた。彼は二つめの詩句を書いた。「死とはチリ」。次に三時の方角に旋回して中心街に向かった。すぐに大通り、剣か、くすんだ色のヘビが絡み合っているような道、本物の川、動物園、つましいサンティアゴ市民の誇りである建物群が現われた。空中から見た街は引き裂かれた写真のようだ、とビーダーはどこかに記している。その断片は、予想に反して散らばろうとしている。ちぐはぐな仮面、動く仮面。モネダ宮殿の上空を過ぎて、彼は三つめの詩句を書いた。「死とは責任」。何人かの通行人がそれを見た。暗く険悪な空に浮かび上がる一匹の黒い甲虫。判読できた者はほとんどいなかった。風が数秒としないうちにそれを吹き消してしまったからだ。途中で誰かが無線で彼と連絡を取ろうとした。ビーダーは応答しなかった。十一時の方角の地平線に、こちらに向かってくる二機のヘリコプターの影を認めた。二機が近づいてくるまで旋回していたが、あっという間にヘリコプターの姿は見えなくなった。飛行場への復路で、彼は四つめと五つめの詩句を書いた。「死とは愛」と「死とは成長」。飛行場が見えてくるところ書いた。「死とは絆」。だが将官たちやその夫人、子息、高級将校、軍の要人、民間人、文化人の誰ひとりとして彼の言葉を読み取ることはできなかった。空には激しい雷雨の気配が立ちこめていた。管制塔からひとりの大佐が急いで着陸するよう要請した。ビーダーは了解と答えると、もう一度上昇した。一瞬、下にいる者たちは、彼がまた雲のなかに入るのかと思った。貴賓席にいなかったひとりの大尉が、チリではすべての詩的行為は大惨事に終わると発言した。多くは個人あるいは一族の惨事にすぎないが、ときに国家を巻き込む大惨事になると。そのとき、サンティアゴの反対側の端、といってもリンドストロム大尉飛行場の観覧席からは完璧に見える場所に最初の雷が落ち、カルロス・ビーダーはこう書いた。「死とは浄化」。だが出来栄えはあまりにひどく、空模様も怪しくなるばかりだったので、席を立ち、傘を広げはじめていた見物客のうち、何が書かれているかを理解できた者はほとんどいなかった。空には黒い切れ端、くさび形文字、象形文字、子供の殴り書きが残っているだけだった。それでも何人かはそれを判読し、カルロス・ビーダーは気が狂ったのだと思った。雨が降り出し、見物客は散り散りになった。格納庫のひとつで急ごしらえのカクテルパーティーが始まっていて、時間も時間だったうえににわか雨に見舞われたので、誰もが喉の渇きをおぼえ、空腹を感じていた。カナッペは十五分と経たないうちになくなった。給仕を務めたのは補給部隊の新兵たちで、驚くほど素早く、ご婦人方が羨むほど機敏に行き来した。将校たちのなかには、パイロット詩人は変わったことをするやつだと話す者もいたが、招待客の多くが話題にし、気にかけていたのは国内の（さらには世界の）重要問題だった。

その間、カルロス・ビーダーはまだ空中にいて、悪天候と戦っていた。一握りの友人と、余暇にシュルレアリスム詩を（あるいは、どちらかというと間の抜けたスペイン語特有の言い方でよく言われるようにスーパーレアリスムの詩を）書いている二人の記者が、第二次世界大戦の映画から切り取ったような光景のなかで、雨に濡れて鏡のように光る滑走路から、嵐の下で旋回する小型飛行機の動きをあいかわらず目で追っていた。ビーダーはというと、観客がそこまで減っていることに、ひょっとすると気づいていなかったかもしれない。

「死とはわが心」と彼は書いた。あるいは書いたつもりでいた。次いで「わが心を受け取りたまえ」。そして自分の名前、「カルロス・ビーダー」。雨も稲妻も恐れていなかった。なによりも矛盾を恐れていなかった。

そのあとはもう書くための煙が残っていなかったのだが（しばらく前から、機体から出る煙は文字を書くというよりも火災を起こしているように見えた。雨に溶け込む火災）、それでも彼はこう書いた。「死とは復活」。下で見ていた彼の取り巻きたちにはさっぱりわからなかったが、ビーダーが何かを書いていることはわかり、パイロットの意図を理解した、あるいは理解したと思い、たとえ何も読み取れなくとも、自分たちはまたとない出し物、未来の芸術にとっての重要なイベントに立ち合っていることを知った。

その後カルロス・ビーダーは難なく着陸し（彼を見た者は、サウナから出てきたばかりのように汗だくだったと証言している）、管制塔の将校と、カクテルパーティーの残骸のあいだをまだうろついていた何人かの高級将校の叱責を受け、そして立ったままビールをあおったあと（誰とも話さず、質問にはええとかいいえとだけ答えた）、サンティアゴ特別公演の第二幕を準備するためにプロビデンシア地区のアパートに引き上げたのだった。

以上のことは、おそらくすべてそのとおりに起きたのだろう。ことによると違うかもしれない。チリ空軍の将官たちは夫人を同伴しなかったかもしれない。リンドストロム大尉飛行場では空中詩の発表会など行なわれなかったのかもしれない。もしかするとビーダーは、誰の許可も取らず、およそありえないことだが、誰にも知らせずに、サンティアゴの空に詩を書いたのかもしれない。ことによると、その日サンティアゴでは雨さえ降らなかったかもしれない。もっとも、空に書かれた文字とその後降った清めの雨のことを今も覚えていると証言する者はいた（公園のベンチに座って空を見上げていた暇人、窓から外をのぞいていた孤独な人）。だがことによると、すべては別の形で起きたのかもしれない。一九七四年には、幻覚は珍しいことではなかった。

とはいえ、アパートでの写真展は、以下に述べるようにして起こった。

最初の招待客は夜の九時に到着した。その多くは学生時代からの友人で、集まったのは久しぶりだった。十一時には二十人ほどいて、全員かなり酔っていた。ビーダーが使っている来客用の寝室にはまだ誰も入っていなかった。彼はその部屋の壁に写真を展示し、友人たちの判断に委ねようとしていた。フリオ・セサル・ムニョス＝カノ中尉は、クーデターで樹立した政権の最初の数年間に自分が取った行動を自己批判する一種の自伝『首に縄をつけて』を何年かのちに出版することになるが、カルロス・ビーダーはいつもと同じような振る舞いで（あるいはいつもと違う振る舞いだったかもしれない。普段よりずっと落ち着いていて、謙虚ですらあり、永遠に洗いたてのような顔をしていた）、そこがまるで自分の家であるかのように招待客をもてなし（友情は素晴らしく、あまりにもいいもので、理想的だったとムニョス＝カノは書いている）、久しぶりに再会した空軍士官学校の同期生たちになつかしそうに挨拶し、その日の朝飛行場で起きたことを、たいしたことではなかったように、もったいぶることなく話題にし、この種の集まりにつきものの冗談（ときには行き過ぎた冗談、ときにはあからさまに悪趣味な冗談）にも嫌な顔ひとつせず耐えていた、と書いている。彼はときおり姿を消して部屋に閉じこもったが（このときは確かに部屋に鍵がかけられた）、長く席を外すことはなかった。

ついに、午前零時きっかりに、彼は居間の真ん中にある椅子に上がって静粛を求め、いよいよ新しい芸術に少しばかり浸ってもらうときが来ましたと（ムニョス＝カノによれば、一字一句そのとおりに）言った。ふたたびいつものビーダーに戻っていた。ふてぶてしく、自信に満ち、目が身体とは離れたところにあって、まるで別の惑星から眺めているかのようだった。それから集まった人々のあいだを縫って自室のドアのところに行くと、招待客をひとりずつなかに通した。みなさん、おひとりずつです、チリの芸術は群がることを認めませんから。ビーダーは（ムニョス＝カノによれば）おどけた調子でそう言うと、父親のほうを見てまず左目を、それから右目をつぶった。まるで十二歳の少年に戻って、秘密の合図を送っているかのようだった。父親は穏やかな顔で息子に笑いかけた。

最初に入ったのはタチアナ・フォン・ベック＝イラオラだった。女性であるし、衝動的で気まぐれな性格だったので、それも当然だった。ムニョス＝カノによれば、タチアナは軍人の家系に生まれ、祖父も父親も兄弟も軍人だった。若干無鉄砲なところがあったが自立した女性で、いつも自分の好きなことをし、好きな相手と付き合い、たいていは矛盾しているもののその多くは独創的な、突拍子もない意見を述べたという。何年かのちに小児科医と結婚し、ラ・セレーナに移り住み、六人の子供をもうけた。あの晩のタチアナは、美しく自信あふれる娘だった、といくらか恐怖の混じった悲哀感を漂わせてムニョス＝カノは回想している。彼女は、英雄の肖像写真かチリの空の退屈な写真が見られるのだろうと思いながら、部屋のなかに入った。

部屋には普通の明かりが点いていた。写真を際立たせるために電気スタンドが余計に置かれていたわけでも、特別なスポットライトが当たっていたわけでもない。室内が画廊のようであるはずもなく、まさに寝室、間借りしている部屋、若者がしばらく寝泊まりしている場所だった。もちろん、誰かが言っていたような色付きの明かりもなければ、ベッドの下に隠されたラジカセから太鼓の音が聞こえてくるようなこともなかった。何気ない、普通の、過激なところのない雰囲気だったはずだ。

部屋の外ではパーティーが続いていた。若者たちは若者らしく、勝者のように酒を飲み、そのうえチリ人らしく、いつまでも飲みつづけた。笑い声は伝染し、その笑いはどんな脅し、どんな影とも無縁だったとムニョス=カノは回想している。どこかで三人組が、互いに腕を組み、ひとりが弾くギターに合わせて歌をうたいだした。二人か三人で集まって、壁にもたれて将来や愛について語り合う者たちもいた。全員が、そこに居合わせていること、パイロット詩人のパーティーに居合わせていることに満足していた。今の自分たちに、そしてカルロス・ビーダーの友人であることに満足していた。たとえ彼のことを十分に理解できず、自分たちと彼のあいだに存在する違いに気づいていたとしても。廊下の列は絶えず乱れた。酒がなくなったのでお代わりを取りに行く者もいれば、永遠の友情と忠誠を確かめようと、仲間同士の庇護の波に流されるようにして居間に引き返し、顔を赤くしながら千鳥足で列に戻る者もいた。煙草の煙がもうもうと立ちこめ、とくに廊下はひどかった。ビーダーは部屋の入り口に立っていた。廊下の突き当たりにあったトイレの前で二人の中尉が口論になり、互いに（手加減しながら）押し合っていた。ビーダーの父親は、列を作っている人たちのなかでは、真顔で直立不動の姿勢を取っている数少ないひとりだった。ムニョス=カノは、自身の告白によれば、悪い予感がして落ち着かず、そわそわと行ったり来たりしていた。二人のシュルレアリスト（もしくはスーパーレアリスト）の記者は家主と話していた。ムニョス=カノが行き来するあいだ、いくつかの言葉が聞こえてきた。三人は旅行、地中海、マイアミ、灼熱の海岸、釣り舟、豊満な女たちの話をしていた。

タチアナ・フォン・ベックが出てくるまでに一分もかからなかった。顔は青ざめ、引きつっていた。みなが視線を向けた。彼女はビーダーのほうに目をやり――まるで何か言おうとしているのに言葉が見つからないかのように見えた――それからトイレまでたどりつこうとした。だが間に合わなかった。廊下で吐いてしまい、そのあと、ひとりで帰りたいと言い張ったにもかかわらず、家まで送っていこうと親切に申し出た将校に支えられて、よろめきながらアパートを出ていった。

二番めに入ったのは、空軍士官学校でビーダーの教官だった大尉だった。彼は入ったきり出てこなかった。ビーダーは閉じたドアの脇で(大尉は入るときドアを少し開けておいたが、彼が閉めてしまった)ますます満足そうに微笑んでいた。居間では何人かが、いったいタチアナはどうしたのだろうと訝っていた。酔っ払っただけさ、とムニョス=カノの知らない声が言った。誰かがピンク・フロイドのレコードをかけた。男同士では踊れない、これじゃホモの集まりみたいだと誰かが言った。ピンク・フロイドの曲は聴くための音楽で、踊るための音楽じゃないという声が返ってきた。シュルレアリストの記者は二人でひそひそ話をしていた。ひとりの中尉が今すぐ女を買いに行こうと提案した。ムニョス=カノによれば、そのとき戸外に、暗い夜の野外にいるような気がした、少なくともそんなふうに声が響いていたという。廊下の雰囲気はもっとひどかった。まるで歯医者の待合室のように、ほとんど口を利く者はいなかった。だが腐った歯(原文ママ)が並んで待っている歯医者の待合室などどこにあるのだ、とムニョス=カノは問うている。

ビーダーの父親がその場の魔法を解いた。礼儀正しく、自分より前に並んでいる将校に洗礼名で呼びかけながら、人波をかきわけ、部屋のなかに入った。アパートの持ち主があとに続いた。家主はほとんど間をおかずに出てくると、ビーダーの前に立ちはだかった。ビーダーの襟をつかみ、一瞬、殴りかかるかと思われたが、背を向けると飲み物を探しに居間に向かった。それを皮切りに、ムニョス＝カノを含め、全員が寝室に雪崩れ込んだ。部屋のなかには、ベッドに腰かけた大尉がいた。煙草を吸いながら、壁から剝がしたいくつかのメモのタイプされた文字を読んでいた。平静を装っていたが、片方の膝の上に煙草の灰が散らばっていた。ビーダーの父親は、部屋の壁と天井の一部に飾られた何百という写真のうちのいくつかを眺めていた。士官候補生が――なぜそこにいるのか誰も説明できなかったが、たぶん将校の誰かの弟だろう――泣きながら悪態をつきはじめたので、部屋の外へ引きずり出さなければならなかった。シュルレアリストの記者たちは不快そうに顔を歪めたものの、平静を保っていた。ムニョス＝カノによると、何枚かの写真にガルメンディア姉妹やほかの行方不明者の姿が写っているのがわかった。その多くが女性だった。写真の背景はどれもほとんど変わらなかったので、同じ場所で撮られたものだと思われた。女たちはマネキン人形のように見え、いくつかの写真では手足が切断されたばらばらのマネキン人形のようだったが、ムニョス＝カノは、その三割が、スナップ写真を撮ったときにまだ生きていた可能性を否定していない。写真は（ムニョス＝カノによれば）たいがいは写りが悪いが、見る者にもたらす印象は実に生々しいものだった。展示された写真の並べ方はでたらめではなかった。ひとつの方針、ひとつの論拠、（時系列に沿った、精神的な……）ひとつの物語、ひとつの構想に従っていた。天井に貼ってあるものは（ムニョス＝カノによれば）地獄、空虚な地獄に似ていた。四隅に（画鋲で）貼ってあるものは、顕現《エピファニー》のように見えた。狂気の顕現。そのほかの写真群は哀調を帯びていた（あれらの写真にノスタルジーやメランコリーといったものがありうるのか、とムニョス＝カノは問うている）。象徴的なものは数こそ少ないながら雄弁だった。ジョゼフ・ド・メーストル（フランソワ＝グザヴィエ・ド・メーストルの兄）の本『サンクトペテルブルク夜話』の扉の写真。空気中に消えていなくなってしまうかのように見える金髪の若い娘の写真を撮った写真。灰色の多孔質のコンクリートの床に置かれた、切り取られた指。

最初の混乱が収まるとすぐに、みな黙り込んだ。その家に高圧電流が走り、我々の表情を変えてしまったかのようだった、とムニョス＝カノは、自著のなかで明晰さを示した数少ない瞬間に記している。我々は互いを見つめ、互いの存在を認識したが、実際はまるで認識していないかのようで、我々は前とは違うように見え、いや同じように見え、自分たちの顔に嫌悪感をおぼえた。我々は夢遊病者か痴呆特有の表情をしていた。何人かは挨拶もせずに立ち去ったが、そのアパートに残ることを選んだ者たちのあいだで不思議な仲間意識が芽生えた。ムニョス＝カノは次のような奇妙なことがあったと付け加えている。とりわけ微妙なその瞬間、電話が鳴り出した。受話器を取ろうとしない家主を見て、ムニョス＝カノが代わりに出た。老人の声が、ルチョ・アルバレスという人につないでもらいたいと言っていた。もしもし、もしもし、ルチョ・アルバレスをお願いします。ムニョス＝カノは何も答えずに家主に受話器を渡した。誰かルチョ・アルバレスという人を知っているか？　と家主は長すぎる間をおいてみなに訊いた。電話口の老人は、たぶんほかの話をし、ひょっとするとルチョ・アルバレスに関することを尋ねていたのかもしれない、とムニョス＝カノは想像した。誰もそんな人は知らなかった。何人かが笑った。不当に甲高く響く、神経質な笑いだった。その人はここには住んでいませんよ、もう少しのあいだ相手の話を黙って聞いたあと、家主はそう伝え、電話を切った。

　写真のある部屋には、もはやビーダーと大尉以外誰もいなかった。しかもアパートには、ムニョス＝カノによれば八人も残っておらず、そのなかにはビーダーの父親もいたが、とくに動揺している様子はなかった（その態度は、本人が気づかずにいる、もしくは本人とは無関係な理由で台無しになった士官候補生のパーティーに――もしかすると仕方なく――出席しているかのようだった）。家主は少年のころから父親を知っていたが、なるべくそちらを見ないようにしていた。パーティーに残ったほかの者たちは、話をしたり、ひそひそ話をしていて、父親が近づいてくると口を閉ざした。ビーダーの父親は、キッチンでひとり落ち着き払って用意した酒や温かい飲み物やサンドウィッチをみなに配り、気まずい沈黙を紛らそうとした。ご心配なく、ドン・ホセ、と将校のひとりが床に目を落としたまま言った。わたしは心配などしていないよ、ハビエリート、とビーダーの父親は答えた。こんなことはカルロスのキャリアのなかで、ささいな穴にすぎませんよ、と別の将校が言った。ビーダーの父親は何を言っているのかわからないという顔でその将校を見た。ビーダーの父親は我々に親切だった、とムニョス＝カノは回想している。深淵の縁にいるというのに、そのことを理解していないか、気にしていないか、あるいはめったにないほど完璧にそしらぬ顔をしていた。

　その後ビーダーが部屋から出てきて、父親とキッチンで誰にも聞かれずに話をした。五分もかからなかった。二人が出てきたとき、それぞれ酒の入ったグラスを手にしていた。大尉もやはり一杯やるために出てきたが、その後、誰も入ってはいけないと指示を出して写真のある部屋にふたたび閉じこもった。大尉に言われて中尉のひとりが、パーティーの出席者全員の名前のリストを作成した。誰かが誓いを立てるということを思い出し、別の誰かが紳士たる者の慎みと名誉について話しはじめた。いや、騎士道の名誉だ、とそのときまで寝ていたように見えたひとりが言った。自分が侮辱されたと感じた者がいて、二人のシュルレアリストの記者のことをほのめかしながら、疑うべきは軍人ではなくむしろ民間人だと抗議した。この方たちは、と大尉が応じた。どうするのが自分たちにとって都合がよいかご存じだ。シュルレアリストたちは慌てて、そのとおりだ、ここでは実際のところ何も起こらなかった、おわかりのように、世間一般の人々のあいだでは何も、ということだが、と断言した。そのあと誰かがコーヒーを用意し、だいぶ時間が経ってから、とはいえ夜が明けるまでにはまだかなり間があるときに、諜報部を名乗る三人の軍人と一人の民間人が姿を現わした。プロビデンシア地区のアパートにいた者は、ビーダーが逮捕されるのだと思いながら彼らをなかに通した。最初、諜報部の軍人たちは敬意と若干の恐怖（とりわけ二人の記者の恐怖）をもって迎えられた。だが何分か過ぎても何事も起こらず、全身全霊で自分たちの仕事に集中する彼らは終始無言のままだったので、パーティーの居残り組は、まるで思わぬ時間に掃除をしに来た使用人のように彼らに注意を払うのをやめた。諜報部の軍人たちと大尉はビーダーとともに、誰にとっても長すぎると感じられるあいだ、部屋のなかに閉じこもった（ビーダーの友人のひとりが「精神的サポートのために」入ろうとしたが、民間人の男に、ばかなことはやめろ、仕事をしてるんだから邪魔するんじゃないと言われた）。その後、閉じたドアの向こうから、罵り声と狂気の沙汰という言葉が何度も聞こえ、それから静まりかえった。やがて諜報部の者たちはやってきたときと同じように静かに去っていった。展示された写真は、アパートの持ち主が提供した靴箱三つに入れられ押収された。彼らのあとについて出ていく前に大尉がこう言った。さて諸君、少し寝て、今夜のことはすべて忘れるのがいちばんだ。二人の中尉が気をつけの姿勢をとったが、ほかの者たちはあまりに疲れていて、どんな命令にもしきたりにも従う気になれず、おやすみなさい（あるいはもう夜が明けかけていたので、おはようございます）の挨拶さえしなかった。大尉が音を立てて勢いよくドアを閉め、出ていったちょうどそのとき、誰も気づいていなかったが、面白いことにビーダーがタイミングよく部屋から出てきて、誰にも目をくれずに居間を横切り、窓辺に行った。カーテンを開け（外はまだ暗かったが、山脈の方角の空がうっすらと明るくなっていた）、煙草に火をつけた。カルロス、何があったんだ？　とビーダーの父親が訊いた。返事はなかった。しばらくのあいだ、誰も口を開こうとしないかに見えた（全員がビーダーの姿から目を離すことができないのに、たちまち眠りに落ちていくように見えた）。居間は病院の待合室のようだった、とムニョス＝カノは回想している。逮捕状は出ているのか？　とようやくアパートの持ち主が訊いた。そうらしい、とビーダーはみなに背を向けたまま、サンティアゴの街の明かりを、サンティアゴの街に点々と見える明かりを見つめながら言った。父親は、これからしようとすることをためらっているかのように、見ていて苛立たしくなるほどゆっくりと息子に近づいていくと、やっと抱擁した。その短い抱擁にビーダーは応えなかった。人っていうのは大げさだな、とシュルレアリストの記者のひとりが言った。口を慎めよ、とアパートの持ち主が言った。さてこれから何をしようか、とひとりの中尉が言った。酔い覚ましに一眠りするか、とアパートの持ち主が応じた。

ムニョス゠カノはその後ビーダーに会うことはなかった。しかし、最後に見た彼の姿は忘れられなかった。散らかった広い居間、いくつもの瓶、皿、吸い殻でいっぱいの灰皿、青白い顔でぐったりしている人たち、そして隙のない状態で窓辺に立ち、しっかりした手つきでウイスキーのグラスを持ち、夜の風景を眺めているカルロス・ビーダー。

7

その夜以来、カルロス・ビーダーに関するニュースは錯綜し、互いに相容れないものになり、チリ文学の絶えず入れ替わるアンソロジーのなかで、彼の姿は靄に包まれたまま現われたり消えたりする。夜の秘密裁判で空軍から追放されたと噂され、もしそうならばその裁判には軍服姿で出廷したはずだが、彼の熱狂的なファンたちは、コサック騎兵の黒い外套をまとい、眼帯をつけ、象牙製の長いシガレットホルダーで煙草を吸う姿を想像したがった。同世代のばかげた考えをもつ連中は、彼がサンティアゴ、バルパライソ、コンセプシオンをうろついて、さまざまな職に就き、奇妙な芸術的企画に参加する姿を思い描く。彼は名前を変える。複数の短命な文芸誌に関わり、ハプニング芸術の企画を載せるが、決して実現しないか、さもなくば秘密裏に実現される。ある演劇雑誌にオクタビオ・パチェーコという署名のある一幕の短い戯曲が掲載されるが、作者について知る者はいない。シャム双生児の世界で展開する奇妙奇天烈な作品で、そこではサディズムとマゾヒズムが子供の遊びになっている。その世界では死だけが罰せられ、劇を通じて双子はそれについて――つまり非‐存在について、無について、死後の生について――考える。双子の片方がしばらくのあいだ（または作者が言うところの一サイクル）もう片方を責め苛み、その後責め苛まれたほうが責め苛む側にまわり、しばらくしてまた交替する。しかしこれが起こるためには「落ちるところまで落ちなければならない」。作品は、お察しのとおり、残酷さのあらゆる形を読者に惜しみなく差し出す。彼らの行為は双子の家とスーパーマーケットの駐車場で行なわれる。駐車場では、さまざまな大きさと形の傷口や縫い跡をもつ別の双生児たちと出会う。戯曲は、予想されるように、双子の片方の死ではなく苦痛の新たなサイクルの始まりで終わる。作品の主題は単純すぎるかもしれない。苦痛だけが生をつなぎとめる、苦痛だけが生が何であるかを明らかにする。ある大学の紀要に「ゼロの口」という題の詩が載る。一見するとフレーブニコフのラテンアメリカ風パロディで、「ゼロ‐口の瞬間」（要するに思いきり開いた口で、ゼロかアルファベットのOを表わそうとする行為）を描いた作者自身の手による三枚の絵が添えられている。署名はこれもオクタビオ・パチェーコだが、ビビアーノ・オリアンは偶然、国立図書館の資料室の隅にこの作者のコーナーを発見する。そこにはビーダーの空中詩とパチェーコの戯曲、それに三つか四つの別の名前で発行部数の少ない雑誌に発表されたいくつかのテクストがいっしょに置かれている。乏しい資金で作ったマイナー雑誌もあれば、上質紙を使い、写真を多数載せた（そのうちのひとつにはビーダーのほぼすべての空中詩が、それぞれのパフォーマンスを時系列に並べたリストとともに載っている）、まずまずのデザインの豪華な雑誌もある。発行地はさまざまだ。アルゼンチン、ウルグアイ、ブラジル、メキシコ、コロンビア、チリ。雑誌の名前は、意図というより戦略を示している。「ヒベルニア」、「ゲルマニア」、「トルメンタ（嵐）」、「アルゼンチン第四帝国」、「鉄の十字架」、「誇張表現はもうたくさん！」（ブエノスアイレスの同人誌）、「二重母音と母音融合」、「オーディン」、「歌びとの呪い」（寄稿の八割はドイツ語で書かれ、この第四巻第二号［年三回発行］、一九七五年にはK・Wなる「チリのSF作家」の「政治的‐芸術的」インタビューが掲載され、近日発売の彼の処女小説のあらすじの一部が紹介されている）、「限定攻撃」、「信徒会」、「田園の詩と都会の詩」（コロンビアの雑誌、いくらか興味を惹くのはこの雑誌だけ。野性的、破壊的、ナチ親衛隊SSのシンボルと薬物と犯罪とある種のビート詩の韻律および舞台装置をもてあそぶ中流階級のオートバイ好きの若者の詩）、「火星の海岸」、「白軍」、「ドン・ペリーコ」……ビビアーノは仰天する。彼はチリ文学界で起きているすべてに通じていると自負していたが、それらの雑誌のなかに、一九七三年から八〇年までの間に発行されながら存在すら知らなかったチリの雑誌を、少なくとも七誌見つけたのだ。そのうちのひとつ「肉のヒマワリ」（一九七九年四月に出た創刊号）では、ビーダーはマサノブというペンネームで（サムライを連想させるような名前ではなく、日本の絵師、奥村政信［一六八六―一七六四］を思い起こさせる名前）、文学におけるユーモアについて、滑稽の意味について、流血の、または無血の冗談――どちらも残忍だが――について、個人のまたは公の奇怪さについて、可笑しなことについて、無用な行き過ぎについて語り、誰も、決して誰も、愚弄のなかで生まれ、愚弄のなかで成長し、愚弄のなかで死ぬマイナー文学を裁くことはできないのだと締めくくる。すべての作家はグロテスクである、とビーダーは書く。すべての作家は惨めである。裕福な家庭に生まれた者も、ノーベル賞を受賞した者も。ビビアーノはさらに『ファン・サウエルへのインタビュー』と題された、八つ折判で表紙が茶色の薄い本も見つける。その本にはアルゼンチン第四帝国社と印刷されているが、発行地と発行年は記されていない。インタビューで写真と詩に関する質問に答えているファン・サウエルがカルロス・ビーダーであるとわかるのに時間はかからない。彼は、支離滅裂ながら自分の芸術理論の概略をひとりで長々としゃべりつづける。ビビアーノによれば期待外れの内容で、まるでビーダーが低迷期に陥り、彼が一度も経験したことのない正常な状態、つまり「国家によって庇護される」チリ詩人という地位に就くこと（「そうやって国家は文化を保護する」）に憧れているかのようだという。吐き気を催すひどい代物だ、バルパライソで靴下やネクタイを売っているビーダーを見たという連中を信じたくもなるよ。

ビビアーノはしばらくのあいだ、時間を見つけては図書館の人目につかない例のコーナーに通い、つねに細心の注意を払いながら調査を進める。やがて新たな資料が（しばしばがっかりさせられる内容ではあるが）届いて数が増えていることを知る。何日かのあいだ、ビビアーノは人目を避けて生きているカルロス・ビーダーに出会う鍵を自分は持っているのだと考えるが、恐怖が先立ち（と、ある手紙で僕に告白している）、あまりに用心深く及び腰なので、見方によっては何もせずにじっとしているのとほとんど変わらない。ビーダーを見つけたいと思うし、会ってみたいとも思う、だがビーダーに見られたくはない。彼の最大の悪夢は、ある夜ビーダーに見つかってしまうことなのだ。ついにビビアーノは恐怖に打ち勝ち、図書館で毎日待ち伏せすることにする。ビーダーは現われない。ビビアーノは心を決めて図書館員に相談する。図書館員は小柄な老人で、一番の楽しみはすべてのチリ人作家の生涯と奇跡を、発表されたもの、未発表のものによらず知ることである。その職員はビビアーノに、ビーダーのコーナーに不定期に新しい資料を入れているのはたぶん彼の父親だろうと教える。父親はビニャ・デ・マルで年金生活を送っていて、作者は父のもとに自分の作品をすべて郵送しているという。その事実に啓示を受けて、ビビアーノはもう一度ビーダーの資料をひっくり返し、何人かの作者の名は、初めはビーダーの異名だと思っていたが実はそうではなかったという結論に達する。それらは実在の作家の名前かビーダーではない別人の異名で、つまりはビーダーが自分のものではない作品を送って父親を騙していたか、あるいは父親自身が他人の作品を資料のなかに入れて自らを欺いていたかなのだった。その結論は（あくまで暫定的な結論であって、決定的なものではないとビビアーノは説明する）彼には悲しく忌まわしいものに思えたので、それ以降、心のバランスと身の安全を守るために、ビーダーの経歴を追うには距離をおいて行なうこと、二度と個人的な接近を試みないことにする。

調べる機会はいくらでも見つかる。ビーダーの伝説は、いくつかの文学サークルでますます大きくなる。秘密結社薔薇十字団の会員になったとか、ジョゼファン・ペラダンの追随者が彼と連絡を取りたがっているとか、『死せる学問の階段講堂』のあるページの暗号を読み解くと「遠い南の国の芸術と政治への」彼の闖入の前兆が記されている、もしくは予言されているともいわれる。年輩の女性が所有する大農園に隠れ住み、読書と写真撮影に明け暮れているともいわれる。レベーカ・ビバル・ビバンコ、むしろマダムVVの名で知られる夫人のサロンにときどき（しかも予告なしに）顔を出すともいわれる。この女性は画家であり最右翼であり（ピノチェトと軍人たちは、彼女に言わせれば共和国をキリスト教民主主義に引き渡してしまう軟弱な右翼）、アイセン県における芸術家と兵士のコミューン設立の推進者であり、チリでもっとも古い一族のひとつである家の財産を食いつぶした浪費家であり、そして最後には八〇年代半ばに精神病院に送られる人物である（彼女の突拍子もない作品のなかで特筆すべきは、チリ軍の新しい制服のデザインおよび二十分間の長さの曲につけた詩である。この詩は十五歳の少年少女たちが成人の儀式で歌うべきもので、その儀式は、マダムVVによれば子供たちが生まれた日、惑星の位置等々に従って、北部の砂漠、山脈に積もった雪、あるいは南部の暗い森のなかで行なわれる）。一九七七年末ごろには、ペルー・ボリビア連合とチリのあいだの太平洋戦争に基づくゲーム（戦術を競う戦争ゲーム）が発売されるが、大々的な販売促進キャンペーンを展開したにもかかわらず、新興の国内市場ではたいして話題にもならずに終わる。事情通によれば（そしてビアーノ・オリアンは彼らを否定しない）、そのゲームの作者はカルロス・ビーダーである。ゲームは、一八七九年に始まるチリ対ペルー・ボリビア連合の戦争の全行程を二週間ごとにプレイヤーを交代しながらシミュレーションするもので、モノポリーより面白いと宣伝されるが、プレイヤーはすぐに、二重、三重の解釈が可能な複雑なゲームであることがわかってくる。ひとつめの解釈は、両陣の引き分けがつづくような難しい、典型的な戦争ゲームの解釈である。ふたつめの解釈では、戦争を率いた指揮官たちの個性や性格が魔法のように関わってくる。たとえば（ここでゲームについている当時の写真が必要となる）、アルトゥーロ・プラット艦長がイエス・キリストの生まれ変わりであったのかどうかをプレイヤーは考える（ゲームについているプラットの写真は、実際キリストのいくつかの図像にとてもよく似ている）。そして次にアルトゥーロ・プラットとイエス・キリストがひとつの偶然、象徴、あるいは預言であったかどうかを考える（つづいてペルー海軍の装甲艦ウアスカル号への接舷の真の意味、プラット艦長の船の名「エスメラルダ」の真の意味、両軍の艦長、チリ人のプラットとペルー人のグラウが実はカタルーニャ人だったこととの真の意味について考える）。三つめの解釈は、リマまで無敗で到着することになる勝者チリ軍の兵の数を増やした普通の人々に関わり、またそのリマにおいて、植民地時代からある小さな地下教会で開かれた秘密集会での、ある概念の立ち上げに関わるものだが、それは、流行廃りはあるもののいつのときも滑稽さを伴いつつ、さまざまな作家が「チリ民族」と呼んできたものだ。ゲームの作者（おそらくビーダー）にとって、チリ民族は、パトリシオ・リンチが占領軍の総司令官だった一八八二年の闇夜に立ち上げられる。（リンチの写真と一連の質問もある。質問のなかには、彼の名前の意味を問うものから、彼が総司令官になる前後に取ったいくつかの軍事行動の隠された理由——なぜ中国人はリンチ将軍を崇拝しているのか？——というものまである。）そのゲームがどのように検閲をくぐり抜け、商品化されたかはわからないが、確かに期待したほどには売れず、同じ作者の手になるもう二つのゲームの発売が予告されていたにもかかわらず、製造元は経営破綻に陥り、自己破産を申し立てた。その二つのゲームのうち、ひとつはアラウコ族との戦争に基づくゲーム、もうひとつは戦争ゲームではなく、どことなくサンティアゴを思わせるがブエノスアイレスでもありうるある都市（いずれにせよメガ・サンティアゴあるいはメガ・ブエノスアイレス）を舞台にした探偵もののゲームで、スピリチュアルな要素を少なからずもち、魂と人間性の謎を扱う一種の「コルディッツの大脱走」（一九七三年発売された、第二次世界大戦中のドイツの捕虜収容所からの脱走に基づくゲーム《ボード》）だった。

日の目を見ずに終わったこの二つのゲームは、しばらくのあいだビビアーノ・オリアンの心から離れなかった。僕に手紙を書かなくなる前のことだが、ビビアーノは、それらのゲームがアメリカ合衆国で商品化された可能性もあるので合衆国最大の民間のゲームライブラリーに問い合わせてみたと知らせてきた。先方からは、この五年間に合衆国で販売されたすべてのゲーム（ジャンルは戦争ゲーム）が載った三〇ページのカタログが届いた。もちろんそこには見つからなかった。もっと幅広い、同時にもっと曖昧なジャンルに属するメガ・サンティアゴの探偵もののゲームについては、何の言及もなかった。

ビビアーノの合衆国での調査は、他方、ゲームの世界にとどまらなかった。ある友人を通じて（その話が確かなものか僕にはわからないが）ビビアーノが、カリフォルニア州グレン・エレンのフィリップ・K・ディック協会に所属する、ここではとりあえず稀覯本蒐集家と呼んでおくが、ある人物と連絡をとったということを知った。ビビアーノはこの蒐集家、「文学、絵画、演劇、映画における秘密のメッセージ」を解読する専門家に、どうやらカルロス・ビーダーの話を手紙で伝えたらしく、このアメリカ人は、そのような悪の見本は、遅かれ早かれ合衆国に現われるにちがいないと考えた。男の名前はグレアム・グリーンウッドといい、いかにもアメリカ人らしく闘争心を剥き出しにし、断固として悪の存在、絶対的な悪の存在を信じていた。彼独自の神学では、地獄は偶然の集合体もしくは連鎖であり、連続殺人は「偶然の爆発」であると説明した。罪のない人たちの死（そのすべてを僕たちの頭は受け入れることを拒否する）は解き放たれた偶然性の言語であると説いた。〈幸運〉、〈運命〉は、彼によれば悪魔の家だった。アメリカ西海岸、ニューメキシコ、アリゾナ、テキサス各地の地方のテレビ番組や小さなラジオ局の番組に出演し、彼独自の犯罪観を伝え広めた。悪と戦うために解釈の仕方を学ぶことを勧め、数字、色、記号、些細なものの配置、夜や朝のテレビ番組、忘れられた映画すらその対象となった。だが彼は復讐を信じなかった。死刑制度に反対し、刑務所の抜本的改革を支持した。つねに武器を携帯し、国家のファシズム化を防ぐ唯一の手段として市民が武器を所持する権利を擁護した。彼は悪との戦いを地球の領域に限らなかった。地球は、彼の宇宙論においてはときに犯罪者の居住区に似ている。地球外のどこかに開放区があると彼は言う。そこには偶然は入り込めず、唯一の痛みの原因は記憶である。その地区の住人は天使と呼ばれ、その軍隊は軍団と呼ばれる。ビビアーノほど文学的ではないが、ビビアーノよりも過激に、風変わりな世界についての情報があれば必ず首を突っ込んでいた。交遊関係は幅広かった。探偵、マイノリティーの権利を求めて闘う活動家、西海岸のモーテルに亡命中のフェミニスト、自分と同じく苛烈で孤独な人生を送っているが、一本の映画も作ることはないであろう映画プロデューサーと映画監督。マニアックではあるが概して常識的なフィリップ・K・ディック協会の会員たちは、彼を狂人と見なしていたが、とはいえ人畜無害の善良な狂人であり、しかもディック作品の非凡な研究者であると見ていた。というわけで、しばらくのあいだグレアム・グリーンウッドは、ビーダーがアメリカ合衆国に何か痕跡を残しはしないかと目を光らせていたが、不首尾に終わった。

チリの詩の絶えず入れ替わるアンソロジーに残された痕跡は、しかしながら、ますます少なくなっていく。エル・ピロート（パイロット）という筆名で書かれ、短命に終わったある雑誌に掲載された、オクタビオ・パスの一見あからさまな剽窃のような詩。ある家から、ある詩人の視線から、愛の新しい形から恐怖に怯えて逃げ出すインディオの年老いた家政婦についての、それなりに権威のあるアルゼンチンの雑誌に掲載された別のもっと長い詩。性懲りもなく解釈しつづける疲れ知らずのビビアーノによれば、それはガルメンディア姉妹に仕えたマプーチェ族の家政婦アマリア・マルエンダを指していて、姉妹が行方不明になった夜に姿を消したが、行方不明者の事件を調査しているカトリック教会の協力者数名が、ムルチェンとサンタバルバラの近くで彼女を目撃したと明言している。山脈の裾野にある農場で、甥たちの保護のもと、チリ人とは決して口をきかないという強い決意をもって暮らしているという。詩は（ビビアーノがコピーを一部送ってくれた）好奇心をそそるものではあるが、何も明らかにしていないうえにビーダーが書いたものではない可能性もある。

すべてを総合して考えると、彼は文学を捨てたという結論にたどり着く。

それにもかかわらず、彼の作品は生き続け、（彼がおそらく望んだように）必死になって、それでも生き続ける。何人かの若者たちがそれを読み、作り直し、あとに続こうとする。だが、動かずにじっとしている者を、透明人間になろうとして、しかもどうやらそれに成功している者をどうやって追うというのか。

結局ビーダーはチリをあとにする。彼のイニシャルあるいは怪しげな異名のもとに、彼の最後の創作、気乗りせずに手をつけた仕事、読者には意味不明の模倣作が載ったマイナー雑誌を捨てて、姿を消す。とはいえ物理的不在によって（実際、彼はつねに不在の人物だった）、彼の作品が引き起こす思索、情熱的かつ矛盾した読みがなくなることはない。

一九八六年、批評家イバカチェの葬儀に関係者が集まったとき、ビーダーの友人から送られてきたと思われる一通の手紙が存在し、その内容がビーダーの死を伝えるものであることが発覚する（そしてそのニュースはすぐに知れ渡る）。そこでは混乱した文章で文学的遺言執行人について述べられていたが、自分の名前と師の名前を汚さないことにしか関心がないイバカチェの取り巻きたちは、自分たちの殻に閉じこもり、返事を書こうとしない。ビビアーノによれば、その知らせは嘘で、おそらく亡き批評家の弟子たち――すでに師と同じく耄碌している――自身の手で捏造されたものだという。

だがそれからほどなくして、ビーダーに言及したイバカチェの遺作『私の読書の読書』と題した本が出版される。おそらくでっちあげであろう雑文、逸話の寄せ集めで、読みやすい気軽な書物を装っているが、イバカチェが批評家としての長い経歴を通じて情熱を注ぎ、楽しんで解説してきた作家たちを理解する鍵となる読書歴を丹念に調べて書いたものだ。ウイドブロの（驚くべき）読書歴（と蔵書）、ネルーダの（予想できる）読書歴、ニカノール・パラの（ヴィトゲンシュタインとチリ民衆詩！　おそらく、騙されやすいイバカチェに向けたパラの冗談、もしくは未来の読者に宛てたイバカチェの冗談だろう）、ロサメル・デル・バジェの、ディアス＝カサヌエバの、さらにその他の作家たちの読書歴が取り上げられるが、古書研究家でカトリック擁護者である彼の不倶戴天の敵エンリケ・リンは入っていない。若い作家たちのなかでも最年少はビーダーで（イバカチェの彼に対する信頼を示している）、彼の読書歴を述べるくだりでは、少し気取った（基本的にいつも気取っていた）新聞の書評子にありがちな美辞麗句や一般論をいつも多用するイバカチェの文章が影を潜め、ビーダー以外で彼が崇拝する人物、友人、あるいは取り巻きに対して使う軽佻浮薄でなれなれしい調子を少しずつ（だがまったく途切れることなく！）放棄していく。イバカチェは書斎の孤独のなかで、ビーダーのイメージを定着させようと試みているのだ。記憶を総動員して、ビーダーの声、精神、電話で話した長い夜に垣間見た彼の素顔を理解しようと努めるが、結局失敗する。それも大失敗し、彼の覚え書き、彼の文章を読むと、（ラテンアメリカのコラムニストにある程度共通するが）快活な調子から学者ぶった調子に変化し、さらに学者ぶった調子からメランコリックな、困惑したような調子へと変化していくのがわかる。イバカチェがビーダーに帰した読書歴は多彩で、おそらく現実よりも批評家の恣意性、混乱が表われている。ヘラクレイトス、エンペドクレス、アイスキュロス、エウリピデス、シモニデス、アナクレオン、カリマコス、ディオゲネス。ビーダーの座右の書は二冊のアンソロジー、『宮廷詞華集』と『チリ詩選集』だと書いて、からかってさえいる（だがよく考えてみれば冗談ではないかもしれない)。またビーダーは――電話線の向こうから届く彼の声はまるで雨のように、嵐のように聞こえた。これは古書研究家の言うことなので文字どおりに受け取らなければならない――古代エジプトの『生活に疲れた者の魂との対話』を知っているだけでなく、ジョン・フォードの『あわれ彼女は娼婦』も丹念に読んでいることを強調する。ジョン・フォード全集(共著も含む)にビーダーが細かく書き込みをしているからだ。(生まれながらに疑り深いビビアーノによれば、ビーダーはフォードの戯曲を下敷きにしたイタリア映画を見ただけという可能性がもっとも高いらしい。この映画はラテンアメリカで一九七三年ごろに封切られたが、最大の、そしてたぶん唯一の見どころは、若く魅惑的なシャーロット・ランプリングが出演していることだ。)

「前途有望な詩人、カルロス・ビーダー」の読書歴について書かれた文章は、まるで空虚な場所を歩いていることにイバカチェが突然気づいたかのように突如として終わる。

しかしまだある。太平洋沿岸の海辺の墓地に関するある記事、うんざりするような、とりとめもなく続く文章のなかで(『エッチングと水彩画』という本に再録)、イバカチェは、ラス・ベンタナス近郊の墓地についてのくだりとバルパライソ近くの別の墓地のことを述べるくだりのあいだで脇道にそれ、名もない村のある夕暮れについて書いている。揺れ動く長く伸びた影が震えるひと気のない広場、ひとつの人影、黒っぽいコートを着て、首に巻いたマフラーか幅の狭いショールで顔の一部が隠れている若い男の影。イバカチェとその見知らぬ男は話をするが、二人のあいだには一本の帯が、街灯が投げかける矩形の光があり、両者ともそこを越えようとしない。二人の声は、二人を隔てる距離にもかかわらず、はっきり聞こえる。見知らぬ男はときどき荒々しい隠語を使い、イバカチェのよく通る声と対照的だが、概して二人とも正しい言葉遣いで話す。極秘の会合は、夜の広場に一組のカップルと、その後ろから一匹の犬が現われたことで終わる。ため息をつくかまばたきをする間に相当する中断のあと、イバカチェはひとり取り残され、ステッキにもたれ、奇妙さと運命について思いをめぐらす。その会合は、現実には二人組の警官の出現によって終わったかもしれない。広場の手入れのされていない草木のなかに、その影のなかに、見知らぬ男の姿は消える。あれはビーダーだったのか？　批評家の夢想だったのか？　誰にもわからない。

歳月とともに、さまざまな悪い噂が流れたからか、それとも噂がまったくなかったからか、よくあることとは反対に、ビーダーの人物像は神話性を帯び、彼の提示したコンセプトといわれるものは確固たるものとなる。何人かの熱狂的なファンは彼を見つけ出そうと世界に出ていくが、その目的はといえば、ビーダーをチリに連れ戻すというのでなければせいぜい彼といっしょに写真に収まることだ。すべては徒労に終わる。ビーダーの手がかりは、南アフリカで、ドイツで、イタリアで……消える。ほかの者たちなら一か月、二か月、三か月の観光旅行と呼ぶであろう長い巡礼の旅のあと、彼を探しに出かけた若者たちは意気消沈し、金を使い果たして帰ってくる。

ビーダーの父親は、おそらく彼の居所を知る唯一の人間だったと思われるが、一九九〇年に他界する。彼が眠る墓は訪れる者もなく、バルパライソの市営墓地のもっともみすぼらしい区域のひとつにある。

チリの文学界では、実際、カルロス・ビーダーも死んでいるという、心の奥底ではほっとさせられる見方（時代は変わり始めている）が少しずつ広まっていく。

一九九二年、彼の名は、拷問と失踪に関する裁判所の調査報告書に華々しく登場する。文学以外の問題と関連して公に彼の名前が現われるのは初めてのことだ。一九九三年、コンセプシオンとサンティアゴで複数の学生殺害事件を起こしたある「独立作戦グループ」との関係が指摘される。一九九四年、チリ・ジャーナリスト集団による行方不明者に関する本が出版され、そこでふたたび彼の名が言及される。空軍を去ったムニョス＝カノによる本も出版され、ある章ではプロビデンシア地区のアパートで行なわれた夜の写真展のことが詳細に（ムニョス＝カノの文章はときに過剰なほど熱がこもり、異常に神経を高ぶらせている）語られる。その数年前、ビビアーノ・オリアンが小さな判型の詩集を専門とする小出版社から『魔術師たちの再臨』を出版する。この本は成功を収め、出版社はそれまで考えられなかった部数を印刷することになる。『魔術師たちの再臨』は、一九七二年から八九年までのアルゼンチン、ウルグアイ、チリにおけるファシストたちの文学運動について書かれた魅力あふれる評論である（その書きぶりはビビアーノと僕がコンセプシオン時代にむさぼり読んだミステリー小説と無関係ではない）。謎めいた風変わりな人物が少なからず登場するが、その中心人物、呪われた十年の目眩と口ごもりのあいだでただひとり屹立する人物は、疑いなくカルロス・ビーダーである。その姿は、ラテンアメリカではむしろ悲しげに言われるように、自身の光で輝いている。ビビアーノがビーダーのために割いた章（この本のなかでもっとも長い）は「限界の探求」と題され、ビビアーノは本全体の客観的で節度ある調子から離れ、まさに輝きについて述べている。ホラー映画を語っているといってもいいくらいだ。ある箇所では、(あまり成功はしていないが)彼をウィリアム・ベックフォードの小説の主人公ヴァテックになぞらえ、それに関してボルヘスの言葉を引用する。「私に言わせれば、それは文学に現われた最初の真に恐ろしい地獄なのである」。ビビアーノの記述、ビーダーの詩学が彼に呼び起こす考察は揺らぎ、まるでビーダーの存在が彼を動揺させ、方向感覚を失わせているかのようだ。実際、アルゼンチンやブラジルの拷問者を思う存分笑いものにするビアーノが、いざビーダーと対峙するとなると、硬直し、支離滅裂な形容詞を使い、卑語を多用し、登場人物(パイロットのカルロス・ビーダー、独学者のルイス=タグレ)が水平線に消えてしまわないよう、まばたきしないように努力するのだが、誰も、ましてや文学のなかでは長い時間まばたきせずにいることはできず、そうしていつもビーダーの姿は見えなくなる。

彼の擁護を買って出たのは、かつての軍隊仲間の三人だけだ。三人とも退役軍人で、真実への愛と私心のない利他主義に導かれ名乗りを挙げる。一人めは軍のある少佐で、ビーダーは繊細で教養のある男だったと述べる。彼もひとりの犠牲者です、もちろん、彼なりにという意味ですが、共和国の運命が危険にさらされた鉄の時代の犠牲者なのです。二人めは軍諜報部のある軍曹で、むしろ彼の素顔を次のように評する。彼のビーダーのイメージは、エネルギッシュで冗談好き、働き者の若者である。まったく何もしない将校たちもいましたからね、部下から信頼されていましたよ、わたしを含め、ほとんどの部下が彼よりも年上だったので、息子に対するようにとは言わないまでも、弟のように接してくれました、わたしの弟たちよ、とビーダーは言ったものです、ときに場違いでさえありましたが、嬉しそうに満面の笑み——しかし何が嬉しかったのか？——を浮かべて。三人めは、サンティアゴで行なわれたいくつかの作戦で——ほんのいくつかですが、と彼は念押しした——行動をともにしたある将校で、空軍中尉は、すべてのチリ人がしなければならなかったこと、義務であったこと、あるいはやりたくてもできなかったことをしただけだと主張する。内戦において捕虜は邪魔である。これがビーダーや他の人々が従った行動原理で、歴史に激震が走っている最中に、義務をあまりに忠実に果たしたからといって、誰が彼を責めることができるでしょうか。ときとして、と彼は考え込みながらこう付け加えた。とどめの一撃は、最後の罰というより、慰めを与えるものなのです。「カルリートス・ビーダーは世界を火山から見るように見ていたのです。率直に申し上げることをお許しください。彼には、我々全員が虫けらのように見えていました、みなさん全員と自分自身を、はるか遠くから見るように見ていました。彼はそんな人間だったのです。あの男の歴史の本のなかでは、自然は受け身ではありません。それどころか、動き回り、我々をむち打つのです。哀れにも無知な我々はそれを、いつも悪運や宿命のせいにしてしまいがちですが……」。

ついに、勇敢なペシミストの判事が彼を被疑者として召喚するが、予審は成立しない。当然ながらビーダーが姿を見せないからだ。別の判事、今度はコンセプシオンの判事が、アンヘリカ・ガルメンディアの殺害とその姉と伯母の失踪に関し、第一容疑者として彼に出廷を命ずる。ガルメンディア姉妹に仕えたマプーチェ族の家政婦アマリア・マルエンダが予想外の証人として法廷に現われ、彼女の登場は一週間にわたりジャーナリストたちの格好のネタとなる。歳月とともに、アマリアのスペイン語は蒸発してしまったようだ。彼女の証言はマプーチェ語の言い回しだらけで、家政婦の警護を引き受け、彼女を片時もひとりきりにさせないようにしている二人の若いカトリック司祭が通訳を担当する。事件のあった夜は彼女の記憶のなかで、殺人と不正義の長い歴史と渾然一体になっている。彼女の話は円環する英雄詩(叙事詩)を通して紡がれ、聞き手はそれが彼女自身の物語、つまりガルメンディア姉妹の元家政婦、一介の市民アマリア・マルエンダの物語でもあり、チリの歴史でもあることを驚きとともに理解する。それは恐怖の歴史だ。そのため彼女がビーダーのことを語るとき、この中尉は同時に大勢の人間のようである。侵入者、恋する男、戦士、悪魔。ガルメンディア姉妹のことを語るとき、元家政婦は姉妹を空気、役に立つ植物、子犬に喩える。事件のあった不吉な夜を思い出すときは、スペイン人の音楽が聞こえたと言う。「スペイン人の音楽」という言葉を説明するようにと求められると、次のように答える。「ただ腹が立つだけでございます、旦那様、何の役にも立ちません」。

どの裁判も不首尾に終わる。国家には問題が山のようにあり、次第に影が薄れつつある、何年も前に行方不明になった連続殺人犯にかまっているどころではない。

チリは彼のことを忘れる。

8

そんなとき、アベル・ロメロが登場し、僕自身がふたたび登場する。チリは僕たちのことも忘れていたのだ。

ロメロはアジェンデ時代のもっとも有名な警察官のひとりだった。今や五十の坂を越えた彼は、背が低く、浅黒く、異様に痩せていて、黒髪をポマードか整髪剤でかためている。彼の名声、彼のちょっとした伝説は二つの事件と結びついていて、その当時、チリの陰鬱な三面記事の読者を、よく使われる言い方をするなら震え上がらせた。ひとつめは、バルパライソのウガルデ通りにあった下宿屋の一室で起こった殺人事件だ（ジグソーパズルみたいだった、とロメロは言っていた）。被害者は額に一発の銃弾を受けた状態で発見され、部屋のドアには掛け金がかかり、内側から椅子でふさがれていた。窓は内側から鍵がかかっていた。そのうえ、そこから出た者がいたなら、通りからまる見えだったはずだ。凶器が死体のそばにあったので、警察の見解は当初からはっきりしていた。自殺である。

ところが科学捜査班は最初の鑑定ののち、被害者は銃を発砲していないという結論に達した。被害者はピサロという名で、誰からも恨まれるような男ではなかった。きちんとした暮らしぶり、というよりむしろ孤独な生活を送り、職も生計を立てるための手段も持っていないということだったが、その後、南部の裕福な両親から月々の仕送りを受けていたことが確認された。この事件は格好の新聞ネタとなった。殺人犯はどうやって被害者の部屋から出ていったのか？　ドアの掛け金を外側からかけることは、下宿屋のほかの部屋でも確認されたようにまず不可能だった。掛け金をかけたうえにドアノブに椅子をもたせかけてドアが開かないようにするなど、およそ考えられないことだった。窓を調べると、窓格子のあいだからうまくガタンと閉めれば、十回に一回、差し錠がかかった。しかしそこから逃げ出すには軽業師でなければならないし、通りから誰かが――殺人は人通りの多い時間帯に起きた――視線を上げて目撃するという不運なことが起こらないという必要があった。結局、ほかに説明のしようがなかったので、警察は犯人は窓から逃亡したと結論を下し、殺人犯は国内の新聞で「軽業師」とあだ名をつけられた。そこでサンティアゴから派遣されたのがロメロで、彼は二十四時間で事件を解決した（さらに八時間の尋問。彼はそこに立ち合わなかったが、真犯人は一連の捜査の方向とほぼ一致する内容の供述書に署名した）。ロメロがのちに僕に語ってくれた真相は次のようなものだった。犠牲者ピサロは、下宿屋の女将の息子エンリケ・マルティネス・コラレス、別名エンリキートもしくはヘンリーという男とある種の付き合いがあった。この息子はビニャ・デル・マル競馬場に熱心に通っていて、ロメロによればそこにはいつも、たちの悪い人間、ヴィクトル・ユゴーが書いたように「運命の黒き鉱脈」をもつ輩が集まっていた。彼の作品『レ・ミゼラブル』は唯一の「文学における普遍的宝」だね、おれは若い時分に読んだが、残念ながら昔のことなので、ジャヴェール警部の自殺以外はすっかり忘れてしまった、とロメロは打ち明けている（『レ・ミゼラブル』についてはまたあとで触れるつもりだ）。このエンリキートはどうやら借金を背負っていて、何かの形でピサロを自分のトラブルに巻き込んだらしい。エンリキートの不運が続いていたしばらくの間、二人の友だちはともに危ない橋を渡り、その費用は、被害者の両親によって間接的にまかなわれた。ところがある日、下宿屋の女将の息子につきが回ってきたが、彼は分け前をピサロに渡さない。ピサロは騙されたと思う。ふたりは言い争い、脅しの言葉が行き交い、ある日の昼飯時、エンリキートはピストルを手にピサロの部屋に行く。脅すだけで殺すつもりはない。しかしエンリキートがピサロの頭に銃口を向け、脅しをかけている最中、図らずもピストルが暴発する。さあどうする？　そのときエンリキートは、これ以上ないというほどの悪夢の只中で人生に一度の天才的ひらめきを得る。もしそのまま出ていけば、すぐさま自分に嫌疑がかかることはわかっている。ピサロの殺害がなんの小細工も施さずそのまま見つかってしまえば、すぐさま自分に嫌疑がかかることはわかっている。それなら自分はこの事件に、ありそうもない、驚くべき衣装を着せてやらなくてはならない。ドアを内側から閉め、密室状況を補強するために椅子を置き、故人の手にピストルを持たせ、窓が閉まっているのを確認し、自殺の舞台装置がすべて整ったと信じて、クローゼットのなかに入り、待つ。彼は自分の母親がどんな人間か知っている、ほかの下宿人がどんな人間か知っている。今ごろは昼飯を食っているか、居間でテレビを見ているはずだ。彼はわかっている、やつらは警官が来るのを待たずにドアを打ち壊してくれるにちがいない。そのとおりドアは押し破られ、エンリキートはクローゼットを閉める手間もとらずに、ピサロの遺体をこわごわと眺める下宿人たちのなかに平然と加わる。事件は実に単純だった、とロメロは言った。だがこの事件でおれは似つかわしくない名声を得てしまった、そのせいで、あとで高いつけを払うはめになったのさ。

彼をさらに有名にしたのは、ランカグア近郊の大農園ラス・カルメネスで起きた誘拐事件だった。民主政治が終わりを告げる数か月前のことだ。事件の主人公はチリでも指折りの金持ちの実業家クリストバル・サンチェス＝グランデで、ある左翼組織の仕業により行方不明になったと見られた。その左翼組織は、実業家の解放と引き換えにとてつもない額の身代金を要求し、支払いを政府に要求した。何週間ものあいだ、警察は打つ手なしだった。サンチェス＝グランデを探していた三つの捜査チームのひとつを指揮していたロメロは、狂言誘拐の可能性を疑った。数日間、極右団体「祖国と自由」のメンバーである若者を尾行したところ、この若者が警戒心を怠ったおかげで、一行はラス・カルメネス大農園にたどり着いた。部下の半数が母屋を包囲しているあいだ、ロメロは残りの部下三名を狙撃手として配置させ、ピストルを両手に一挺ずつ持ち、コントレラスという名の若い刑事――いちばん勇敢だった――を連れて母屋に突入し、サンチェス＝グランデを逮捕した。その小競り合いで実業家を護衛していた「祖国と自由」の殺し屋二名が死に、ロメロと母屋の裏手にいた部下のひとりが負傷した。この作戦でロメロは、アジェンデその人の手から勇気を称える勲章を受け取り、それは彼の人生――ロメロ自身の言葉によれば、喜びよりも苦しみばかりの人生――を通じて職業上の最高の栄誉となった。

もちろん、僕は彼の名前を覚えていた。有名人だった。六〇年代と七〇年代には、陰惨な事件を取り上げる新聞のページ（スポーツ欄の前だったか、後だったか？）に、当時僕たちが恥ずべき場所と思っていた地名（僕たちは恥ずべきことが何かを知らなかった）、第三世界の犯罪の舞台（みすぼらしい家、空き地、薄暗い田舎の別荘）とともによく出ていた。それにアジェンデから直接、勲章を受け取ったのだ。そのメダルはなくしちまった、と彼は悲しそうに言った。それにこのことを証明する写真もない。だがメダルをもらった日のことは、まるで昨日のことのように覚えてる。おれはまだ警官らしかった。

クーデターのあと、彼は三年間服役し、出所後はパリに行き、その場しのぎの仕事をした。どんな仕事だったかは一度も話してくれなかったが、パリでの最初の数年間は、張り紙貼りからオフィスの床のワックスがけまで何でもやったらしい。ワックスがけは、建物が閉まった夜にやる仕事で、その間いろいろなことを考えることができた。パリの建物のミステリー。オフィスのある建物をロメロはそんなふうに呼んでいた。夜になると、ひとつの階を除いてすべての階が暗くなる。その後その階の明かりが消え、次の階の明かりが点き、それからその階が暗くなり、と続いていくんだ。ときどき、夜の通行人か張り紙貼りをしている人がしばらく立ち止まっていると、空っぽの建物のひとつの窓から外をのぞき、煙草を吸うか、両手を腰に当てて街を眺めながらいっとき佇む誰かの姿が見えた。それは男か女の夜の清掃員だ。

ロメロは結婚していて、息子がひとりいた。チリに戻って新しい生活を始めようと計画していた。僕がどういう用件かと訊いたとき（といってもすでに彼を家のなかに招き入れ、お茶を淹れるためにお湯を沸かしはじめていた）、彼はカルロス・ビーダーの跡を追っていると言った。ビビアーノ・オリアンが彼にバルセロナの僕の住所を教えたのだ。あなたはビビアーノをご存じなのですか？　いや、知らない、と彼は答えた。直接は知らない。手紙を書いたら返事をくれた、それから電話で話をしたんだ。ビビアーノらしいやり方ですね、と僕は言い、彼とはどれくらい会っていないだろうかと考えてみた。もう二十年近くになる。あんたの友だちはいい人だ、とロメロは言った。それにビーダー氏のことをよく知っているようだ。でもあんたのほうがよく知っていると彼は思っている。そんなことはありません、と僕は言った。実は金が出せる、とロメロが言った。もしやつを見つけるのをあんたが手伝ってくれるなら。そう言うと、僕を買収できる正確な額を査定するかのように家のなかを見回した。そんな手段を使って話を進めはしないだろうと僕は思い、黙って待つことにした。お茶を出した。彼はミルクを入れ、美味そうに飲んだ。僕の家のテーブルに座っていると、実際よりもっと小柄で痩せて見えた。二〇万ペセタ出せる、と彼は言った。引き受けます、でも何を手伝えばいいのですか？

詩に関することだ、と彼は言った。ビーダーは詩人で、あんたも詩人、おれは詩人じゃない。だから、詩人を見つけ出すにはほかの詩人の手助けが必要なんだ。

僕にとってカルロス・ビーダーは犯罪者であって、詩人なんかじゃありませんと彼に言った。まあそう言わずに、とロメロは言った。心をもっと広く持とうじゃないか、ビーダーにとって、あるいはほかの誰かにとっても、あんたは詩人じゃないかもしれない、あるいはへぼ詩人で、彼あるいは彼らこそが詩人かもしれない。すべてはどんなガラスを通して見るかだ、ロペ・デ・ベガが言ってたように、そう思わないか？　二〇万ペセタを現金で？　今すぐに？　と僕は訊いた。二〇万ペセタ、即金で、と彼は力を込めて言った。だが覚えておいてくれ、今からあんたはおれのために働く、それと、おれは結果を求めている。あなたはいくらもらっているのですか？　かなりの額だ、と彼は言った。おれの依頼人は大金持ちでね。

翌日、五万ペセタが入った封筒と、文芸誌がぎっしり詰まったスーツケースを下げてわが家にやってきた。残りは送金されたら渡す、と彼は言った。僕は、なぜカルロス・ビーダーが生きていると思うのかと訊いた。ロメロはにやりとして（イタチのような、野ネズミのような笑いだった）、おれの依頼人がやつは生きていると思っているからだと言った。なぜアメリカやオーストラリアではなくヨーロッパにいると思うのですか？　あの男の人物調査をしたんだ、とロメロは言った。その後、タリェース通り、つまり僕が住んでいる通りのレストランで食事しようと誘い（彼は僕の家からほど近いオスピタル通りの手頃でこぎれいな宿に泊まっていた）、話題は彼のチリ時代のこと、僕たちが覚えている祖国のこと、ロメロが（僕が仰天したことに）世界一優秀だと評したチリ警察のことに及んだ。あなたは熱烈な愛国主義者ですね、とデザートを食べているとき僕は言った。そんなことはない、とロメロは言った。犯罪捜査課にいたころは、未解決殺人事件なんてものはなかった。捜査課に入ってくる若い連中は実によく訓練されていた。中等教育をいい成績で卒業したあと、素晴らしい教官のいる警察学校で三年間過ごした連中だ。犯罪学者のゴンサレス・サバラ、今は亡きゴンサレス・サバラ博士は、世界一優秀な警察は、少なくとも殺人を扱う部署に関しては、イギリス警察とチリ警察の二つだと言っていた。笑わせないでくださいよ、と僕は言った。

食事をし、ワインを二本空けて、午後四時に店を出た。スペインワインと会話、とロメロが言った。フランスワインよりいい。フランス人に対して何か恨みでもあるのかと僕は訊いた。ロメロの顔が曇ったように見え、出ていきたいんだ、それだけだ、もう長く居すぎた、と言った。

バル〈セントリコ〉で、『レ・ミゼラブル』の話をしながらコーヒーを飲んだ。ロメロは、ジャン・ヴァルジャン、のちにマドレーヌになり、その後フォーシュルヴァンになるジャン・ヴァルジャンは、ラテンアメリカの雑多な人々が集まる都市にはよくいる類の普通の人物だと考えていた。その反対にジャヴェールは特別だ。この男は精神分析のカウンセリングみたいだ、と彼は僕に言った。ロメロにとって精神分析は世界のあらゆる威信で飾り立てられていたが、彼が一度も精神分析を受けたことがないのはすぐにわかった。彼はヴィクトル・ユゴーの警察官ジャヴェールに同情し、憧れていた。その意味でジャヴェールは彼にとってひとつの贅沢、「おれたちがめったに得られないごちそう」だった。映画は見たことがありますか？　フランスのとても古い映画ですが、と僕は訊いた。いや、とロメロは言った。ロンドンでやっているミュージカルは知ってるが、それも見ていない。きっとチリで流行ったミュージカル『花の蔓棚』みたいなもんだろう。さっきも言ったとおり、小説については何も覚えていないが、ジャヴェールが自殺したことだけは覚えてる。そうだったかなと僕は思った。たぶん映画では自殺しないはずだ。（記憶をたどってみると、思い出せるのは二つのイメージだけだ。一八三二年のバリケードとそこで騒いでいる革命家の学生とごろつき連中、それとヴァルジャンに助けられたあとのジャヴェールの姿。下水道の排水口のところに立ち、絶望した視線を地平線にさまよわせている。セーヌ川に落ちる汚水が立てる、滝のように圧倒的な轟音。もっとも、複数の映画を混同しているかいっしょくたにしている可能性が高いが。）今じゃ、とロメロはブランデー入りのコーヒーの最後の数滴を味わいながら言った。少なくともアメリカの映画では、警官は離婚しかしない。ジャヴェールは、その代わりに自殺する。この違いがわかるか？

それから僕の部屋のある五階までいっしょに上ると、スーツケースを開け、テーブルの上に雑誌を置いた。じっくり読んでくれ、とロメロは言った。そのあいだ、おれは少し観光してくる。お勧めの美術館は？　僕はピカソ美術館とそこからサグラダ・ファミリアに行くだいたいの道順を教えたのを覚えている。そのあとロメロは出ていった。

それから三日間、彼に会わなかった。

ロメロが置いていった雑誌はどれもヨーロッパのものだった。スペイン、フランス、ポルトガル、イタリア、イギリス、スイス、ドイツ。さらにポーランドのが一冊、ルーマニアのが二冊、ロシアのが一冊あった。大半は少部数の同人誌だった。見たところプロの手になる、しっかりした財政的基盤のありそうなフランス、ドイツ、イタリアの何誌かを除いて、印刷方法はただコピーしただけのものからガリ版刷り（ルーマニアの雑誌）まであり、結果は一目瞭然だった。粗末なつくり、安価な紙、欠点の多いデザインは、掃きだめのようなひどい文学であることを自ずから語っていた。僕はすべてのページをめくった。ロメロによれば、そのうちのどれかにビーダーが寄稿した文章が載っているはずだった。もちろん、別の名前で。それらはただの右翼文芸誌ではなかった。四誌はスキンヘッドのグループが出したもので、二誌はサッカーのサポーターによる不定期な機関誌、少なくとも七誌はページの半分以上がSFに割かれ、三誌は戦争ゲーム愛好クラブのもの、四誌はオカルト専門誌（二誌がイタリアで二誌がフランス）、そのうち一誌（イタリア）は明らかに悪魔崇拝が専門、少なくとも十五誌はナチズム信奉であることを隠さず、約六誌は「歴史修正主義」の傾向が見てとれたし（フランス三誌、イタリア二誌、フランス語圏スイス一誌）、ロシアの一誌は先に紹介したもの全部を無秩序に混ぜ合わせたもので――少なくとも僕はそこに掲載されている風刺画（ロシアの潜在的読者が突然文盲になったかのようにやたらと数が多いが、ロシア語が読めない僕には好都合だった）によってこの結論に達した――風刺画のほとんどすべてが人種差別的で反ユダヤ的だった。

雑誌を読むのに取りかかって二日め、僕は本気で興味をもちはじめた。僕はひとり暮らしで金もなく、健康状態はかなり悪く、かなり前からどこからも本を出していなくて、そのころは書くことさえしていなかった。自分の前途がみじめなものに思えた。自分を憐れむことに慣れはじめていたのだと思う。ロメロが持ってきた雑誌は全部テーブルの上に積んであり（それを動かさないように、キッチンで立ったまま食事をすることにした）、国、出版年、政治的傾向や文学ジャンルごとに山になっていたが、それらの雑誌は僕に一種の解毒剤の効果をもたらした。読むのに取りかかって二日め、僕は具合が悪くなったが、やがてそれは睡眠不足と食事をろくにとっていないせいだと思いあたった。そこで階段を降りて外に出ると、チーズを挟んだフランスパンを買い、それから眠ることにした。六時間後に目を覚ますと、すっきりして疲れがとれ、読書もしくは再読（もしくは推測、これは雑誌の言語による）をつづける気力がわいて、次第にビーダーの物語に巻き込まれていった。それはもっとほかの何かについての物語だったが、そのときはそれが何なのかわからずにいた。ある晩、夢にまで見た。木造の大型船、たぶんガレオン船に乗って〈大海原〉を渡っている夢だった。僕は船尾で開かれたパーティーに参加していて、海を見ながら詩かたぶん日記の一ページを書いていた。すると誰かが、ひとりの老人が、「竜巻だ！　竜巻だ！」と叫び出した。でも老人はガレオン船の上ではなくヨットの上か防波堤の上に立っていた。まさにポランスキーの映画『ローズマリーの赤ちゃん』のある場面と同じだった。その瞬間、ガレオン船は沈みはじめ、生き残った者たちはみな漂流者になった。僕は腐った木の海の上で、蒸留酒の樽にしがみついて漂っているカルロス・ビーダーの姿が見えた。僕は腐った木の柱にしがみついて浮いていた。波が僕たちを引き離していくそのとき、ビーダーと僕は同じ船に乗っていたということを理解した。ただ、彼は船を沈ませることに関わり、僕はそれを回避するための努力をほとんど、あるいはまったく何もしなかったのだ。そんなわけで、ロメロが三日後に戻ってくると僕は彼を友だちのように迎えた。

ロメロはピカソ美術館にもサグラダ・ファミリアにも行かなかったが、カンプ・ノウ・スタジアム博物館と新しい水族館には行った。サメをあんなに近くで見たのは生まれて初めてだ、ほんとうに、なかなか感動的だったね、と言った。カンプ・ノウについての感想を求めると、あのサッカースタジアムがヨーロッパ一だといつも思っていたと答えた。去年バルセロナがパリ・サン＝ジェルマンに負けたのは残念だった。ロメロさん、まさかあなたはクレじゃないですよね。彼はクレという言葉を知らなかった。バルサのサポーターのことをそう呼ぶのだと説明すると、面白がった。少しのあいだ、放心した様子だった。ならおれは、にわかクレってわけだ。ヨーロッパではバルサが好きだが、心の底ではチリのコロコロのサポーターだ。こればっかりはどうしようもない、と悲しげに、だが誇らしげに付け加えた。

その日の午後、バルセロネータの居酒屋でいっしょに食事をしたあと、雑誌は読んだかと聞かれた。今読んでいるところです、と僕は答えた。翌日、ロメロはテレビとビデオデッキを持って現われた。あんた用だ、おれの依頼人からのプレゼントだと思ってくれ。テレビは見ません、と僕は言った。そりゃよくない、そうやってどれだけ面白いことをたくさん見逃していることか。クイズ番組は嫌いなんです、と僕は言った。なかなか面白いのもある、とロメロは言った。素朴な人たちが、独学で全世界に立ち向かうんだ。遠い昔コンセプシオンで、ビーダーが独学者だった、あるいは独学者のふりをしていたことを思い出した。ロメロさん、僕は本を読みます、今は雑誌を読んでいますし、ときどき書いてもいます、と言った。それはわかってる、とロメロは言った。そしてすぐに付け加えた。悪く取らないでくれ、おれは何も持たない司祭と作家をいつだって尊敬してきた。ポール・ニューマンの映画を思い出すよ、と彼は言った。主人公は作家でノーベル賞を受賞するんだが、それまでずっとペンネームでミステリー小説を書いて生計を立てていたことを告白するんだ。おれはその類の作家を尊敬するね、と彼は言った。あなたが会ったことのある作家は少ないでしょう、と僕は皮肉った。ロメロは僕の皮肉に気づかなかった。あんたが初めてだ、と言った。それから、自分が今いる安ホテルにテレビは置けないし、僕には自分が持ってきた三本のビデオを見てもらう必要があると説明した。僕はそのとき恐怖のあまり笑い出してしまったと思う。ビーダーがそこに出てくるなんて言わないでくださいよ、と言った。いやいるんだ、三本の映画のなかに、とロメロは言った。

僕たちはテレビを設置した。ビデオデッキにつなぐ前、ロメロはチャンネルをどれか受信できるか試してみたが、うまくいかなかった。アンテナを買わないと、と彼は言った。それから最初のビデオテープを入れた。僕はテーブルに置いた雑誌の近くの自分の席から立ち上がらなかった。ロメロは居間にひとつだけあった肘掛け椅子にすわった。

低予算のポルノ映画だった。一本めの途中で（ロメロはウイスキーの瓶を持参していて、ちびちびやりながら映画を見ていた）、僕は、ポルノ映画を三本続けざまに見るのは無理だと白状した。ロメロは一本めが終わるのを待ってビデオを消した。今晩ひとりでゆっくり見てくれ、と言いながら、ウイスキーの瓶をキッチンの隅にしまった。俳優のなかからビーダーを見つけなければいけないんですか？　と彼が出ていく前に尋ねた。ロメロは謎めいた笑みを浮かべた。大事なのは雑誌のほう、映画はおれの思いつきだ、いつもの仕事ってやつさ。

その夜、残りの映画二本を見て、その後一本めをもう一度見て、それからほかの二本をもう一度見直した。ビーダーの姿はどこにもなかった。ロメロは翌日姿を見せなかった。映画の件はロメロのジョークなのだと思った。とはいえ、壁に囲まれた部屋のなかでビーダーの存在感はいよいよ増していき、まるで映画が何かの形で彼を呼び出しているかのようだった。大げさに考えることはない、とあるときロメロは僕に言った。でも僕は自分の全人生がどんどん駄目になっていくような気がしていた。

ロメロが戻ってきたとき、買ったばかりの新しいスーツを着て、手土産を持っていた。それが衣類でないことを僕は激しく願った。包みを開けると、ガルシア＝マルケスの小説——すでに読んでいた本だったが、彼には言わなかった——と靴だった。履いてみてくれ、サイズが合うといいが、フランスではスペインの靴はとてもありがたがられているんだ。驚いたことに、靴は僕の足にぴったりだった。

ポルノ映画の謎を説明してくれませんか？　と僕は言った。おかしなところ、普通でないところ、注意を引かれたところはなかったか？　とロメロが訊いた。その口ぶりから僕は、映画も雑誌も全部、たぶんチリに家族とともに帰るという計画以外は全部、彼にとってこれっぽっちも重要ではないということに気がついた。ひとつだけ言えるのは、ビーダーの野郎のことが毎日頭から離れないってことですね、と僕は言った。それはいいことなのかね、悪いことなのかね。冗談言わないでくださいよ、ロメロさん、と僕は言った。わかった、ひとつ話を聞かせてやろう、とロメロが言った。中尉はその全部の映画のなかにいるんだ、ただしカメラの後ろにね。ビーダーはこの映画の監督なんですか？　いや、とロメロは言った。カメラマンだ。

それから、ターラント湾にある別荘でポルノ映画を撮っていたグループの話をしてくれた。ある朝、それは二年ほど前のことだが、全員が死体で見つかった。合計六人、女優が三人と男優が二人、それにカメラマンだ。監督兼プロデューサーの男に嫌疑がかかり、逮捕された。別荘の所有者も逮捕された。彼はコリリアーノ出身の弁護士で、ハードコアのスナッフムービー、つまり見せかけでない、本物の犯罪が行なわれるポルノ映画の世界と関わりがあった。だが二人ともアリバイがあり、釈放された。そのうちこの事件はうやむやになった。カルロス・ビーダーがこの事件のどこに関わっているかって？　実はもうひとりカメラマンがいた。R・P・イングリッシュとかいう男だ。イタリア警察はそいつの行方を突き止めることができなかった。

イングリッシュはビーダーなのか？　捜査を始めたときロメロはそう信じ、しばらくのあいだイタリア中を回って、ビーダーの古い写真（自分の飛行機の横でポーズをとっているもの）を見せてはイングリッシュを知る人を探したが、まるでそんな男は存在しなかったか、あるいは思い出せるような顔をもたなかったかのように、このカメラマンを覚えている者はひとりもいなかった。最後にニームの病院で、イングリッシュと働いたことがあり、彼のことを覚えているという女優に出会った。ジョアンナ・シルヴェストリという名の女優で、素晴らしい美女だった。嘘じゃない、おれが今まで見たなかでいちばんきれいな女だった。奥さんよりきれいだったんですか？　と少し意地悪く訊いてみた。とんでもない、うちのかみさんはちょっと薹《とう》が立ってるし比べようがない、とロメロは言った。おれもだが、とほとんど間を置かずに付け加えた。ともかく、それまで見たことがないほどの美女だった。正確に言えば、いい女だったってことだ。彼女を前にしたら、帽子を取って敬意を表さなきゃならない、そんな女だ、ほんとうだ。どんな人だったのかと僕は訊いた。金髪で、背が高くて、彼女に見つめられると子供のころに戻ったような気分になる。悲しみと決意の光を帯びたビロードのような眼差し。それに素晴らしい骨格と、地中海でよく見かけるあのオリーブ色がかったとても白い肌の持ち主。目覚めたまま夢見るための女。だがそれだけじゃない、苦しい時と悪い時をともに生き、分かち合うための女。彼女の骨格、彼女の肌、彼女の思慮深い眼差しを見ればわかる、とロメロは言った。起き上がっているところは一度も見なかったが、女王のような雰囲気を漂わせていたにちがいないとおれは思う。病院は立派なところではないが、小さな庭があって、午後は患者たちでいっぱいだった。たいがいはフランス人かイタリア人だった。最後に会ったとき、それまででいちばん長い時間いっしょにいたんだが、おれは下に降りないかと彼女を誘った（おれといると退屈するんじゃないかと思ったんだろうな、部屋に二人きりだったから）。彼女は無理だと言った。おれたちはフランス語で話していたんだが、彼女はときどきイタリア語を使った。今のはイタリア語で言ったのさ、おれの顔を見ながら。おれは自分が世界一無能というか運がないというかみじめな男に思えた。うまく言えないが、その場で泣き出しそうになった。だがなんとかこらえて、おれが抱えている事件に関する事柄について会話をつづけようとした。彼女はおれがチリ人で、イギリス人《イングリッシュ》という男を捜しているのを面白がっていた。チリの探偵さん、と微笑みながら言った。ベッドの上にいる猫みたいだった。腕を組み、背中にいくつもクッションを当てていた。毛布の下の脚の線といったら、もう奇跡だった。だがそれは人を困惑させるような類の奇跡ではなく、風のように通り過ぎて、人を落ち着かせる、つまり前よりも落ち着いた気持ちにさせてくれるような奇跡なんだ。たまげたよ、ほんとうに美しかった、とロメロは突然言った。病気だったんですか？　死にかけていた、とロメロは言った。しかも天涯孤独だった。少なくとも病院で二日間午後を過ごして、おれはその恐ろしい結論に達したが、彼女はそんな状態なのにもかかわらず穏やかで明晰だった。話し好きで、見舞い客が来ると生き生きするのが見て取れた（見舞いの数はそんなに多くなかったはずだ、実際どうだったかは知らないが）。普段は手紙を読んだり書いたり、ヘッドホンをつけてテレビを見たりしていた。週刊誌や女性誌も読んだ。彼女の病室は整理整頓されていて、いいにおいがした。彼女と病室がだ。見舞い客が来る前に髪を梳かし、首筋と手首にコロンか香水をつけていたんだと思う。おれの想像でしかないがね。別れの挨拶をする前、最後に会ったとき、彼女はテレビをつけて、何かわからない番組をやっているイタリアのチャンネルを探した。彼女が出ている映画じゃないかと怖くなった。もしそうなら、おれはどうしていいか見当もつかなかっただろうし、おれの全人生がひっくり返ってしまっただろう。だがそれは彼女の古い友人が出てくるトーク番組だった。おれは彼女と握手をして立ち去った。ドアのところまで来て、我慢できずに彼女のほうを振り返った。彼女はもうヘッドホンを耳につけ、実に面白いことに、颯爽として、ほかにどう表現していいかわからないんだが、まるで病室が宇宙船の操縦室で、彼女は自信をもって指揮を執っているような感じだった。結局どうなったんですか？　僕はもはやロメロをひやかす気にはなれず尋ねた。何もなかったさ。イングリッシュのことを覚えていて、彼の容貌をかなり詳しく説明してくれたが、彼女が描写したような人間はヨーロッパにごまんといるはずで、彼女はパイロットの古い写真を見てもわからなかった。当然だ、もう二十年以上経ってるんだから。いや、そうではなくて、と僕は言った。ジョアンナ・シルヴェストリはどうなったのですか？　死んだ、とロメロは言った。いつ？　おれが会ってから数か月して。パリにいるとき、「リベラシオン」紙の死亡欄で知ったんだ。彼女の映画は一度も見たことがないんですか？　と僕は訊いた。ジョアンナ・シルヴェストリのか？　いや、まさか、なんでそんなこと訊くんだ、一度もない。好奇心で見たことも？　あるわけない、おれは結婚してるし、それにもう歳だよ、とロメロは言った。

その晩、彼を夕食に招待した。リエラ通りの安くて家庭的なレストランで食事をし、それからその近くを当てもなく歩きはじめた。営業中のレンタルビデオ店のそばを通りかかったとき、ロメロにいっしょに来てほしいと言った。彼女のビデオを借りるつもりじゃないだろうな、と彼の声が背後から聞こえた。あなたの説明が信じられないんですよ、と僕は彼に言った。どんな顔だったのか見てみたいんです。ポルノ映画は、店の奥の三つの棚を占めていた。それまで一度しかレンタルビデオ店に入ったことがなかった気がする。体の内側は熱っぽくなっていたが、そんなにいい気分になったのは久しぶりだった。ロメロはしばらく探していた。僕は彼が手を、痩せて細長い指の黒っぽい手をビデオケースに這わせるのを見ていた。もうそれだけで僕は気分がよくなった。これだ、とロメロは言った。彼の言ったとおり、実に美しい女性だった。外に出たとき、そのレンタルビデオ店はその界隈でまだ店を開けている唯一の店だったことに気づいた。

翌日、ロメロが僕の家に顔を出したとき、僕は、カルロス・ビーダーを特定できたと思うと彼に言った。また会ったら、あいつだと見分けられるか？　さあわかりませんが、と僕は答えた。

9

これは、僕がモンスターたちの惑星から送る最後の通信だ。僕はもう二度と文学の糞の海に潜るつもりはない。これからは謙虚に詩を書き、飢え死にしないよう仕事をし、本を出そうなどとは考えないことにしよう。

テーブルに積み上げていった大量の雑誌のうち、僕の注意を引いたものが二誌あった。他の雑誌は、そこからさまざまなタイプの精神病質者や分裂病患者の見本帖を作れそうな代物だったが、その二誌だけは、カルロス・ビーダーを惹きつける躍動、企ての特異性があった。どちらもフランスの雑誌だった。「エヴロー文学新報」創刊号と「アラスの夜警」誌の三号。それぞれにジュール・デフォーなる人物による評論が載っていて、「文学新報」のほうは単に何かの都合で詩の形式で書かれていた。だがその話をする前に、ラウル・ドロルムと「野蛮な作家たち」の一派について語らなければならない。

ラウル・ドロルムは一九三五年生まれ、兵士として従軍したあと食料品市場の売り子になり、その後パリ中心部にあるビルの守衛という定職（外国人部隊にいたとき軽度の脊椎の病気を患ったため、こちらのほうが彼には合っていた）に就いた。一九六八年、学生たちがバリケードを築き、フランスの未来の作家たちが煉瓦で母校の窓を割り、あるいは初めてのセックスをしていたとき、彼は「野蛮な作家たち」という名の一派あるいは運動を立ち上げることを決意した。そこでこの元外国人部隊兵は、知識人たちが道路を占拠しようと出かけていくかたわらで、デゾー通りの狭苦しい守衛室に閉じこもり、新しい文学を具体化することに取りかかった。その修業は一見簡単そうな二つの方法から成り立っていた。引きこもりと読書である。ひとつめを行なうには、一週間分の十分な食料を買うか、断食をしなければならない。また、都合の悪い訪問客を避けるために、今は誰にも会えないとか、一週間旅に出ているとか、伝染病にかかったと知らせる必要もある。ふたつめのほうはもっと複雑だった。ドロルムによれば、数々の名作と融合しなければならなかった。これは次のようなかなり奇抜なやり方で行なわれた。スタンダールのページの上に排便する、ヴィクトル・ユゴーのページを使って音を立てて鼻をかむ、マスターベーションをしてゴーティエかバンヴィルのページの上に精液をまき散らす、ドーデのページにゲロを吐く、ラマルティーヌのページに小便をかける、カミソリの刃で切り傷を作ってバルザックかモーパッサンのページに血を散らす。要するに、書物を劣化のプロセスに乗せるのだが、ドロルムはこれを人間性の付与と呼んだ。一週間の「野蛮な」儀式の結果は、びりびりに引き裂かれた本と汚物と悪臭に満ちたアパートもしくは部屋だった。そのなかでこの修業中の作家は、素っ裸またはパンツ姿で、汚物にまみれ、生まれたばかりの赤ん坊のように、あるいは水面から飛び出して水の外で生きることを決意した最初の魚のようにと言うほうが似合っているが、体を痙攣させ、口をパクパクさせていた。ドロルムによれば、「野蛮な作家」はこの体験を通して強靱になり、そしてこれが真に重要なことなのだが、書く技術についてある種の知識を得るようになる。それは（ドロルムの言うところに従えば）古典作品との「真の近さ」、「真の同化」、文化やアカデミーや科学技術によって押しつけられる障壁をすべて打ち破る身体的親近性を通して得られる叡智なのだった。

どうやってかはわからないが、ドロルムはやがて何人かの追随者を持つようになった。彼と同じく学のない下層階級出身者たちで、一九六八年五月以来、一年に二回、一人で、あるいは二人、三人、四人のグループを作って、狭苦しい屋根裏部屋、守衛室、ホテルの一室、郊外の貸別荘、店や薬局の奥の部屋に閉じこもり、新しい文学の誕生を準備した。ドロルムによれば、みなのものになりうる文学、だが実際のところは、燃える橋を渡ることのできる者たちだけの文学だった。彼らはさしあたり同人誌を出すことで満足した。フランスの街角や広場でよく見かける古本や雑誌を売る数え切れないほどの露天市場に、場所さえあればどこにでも間に合わせの店を出し、自ら同人誌を売った。「野蛮」派の多くは当然ながら詩人だったが、短篇小説を書く者もいれば、短い戯曲に挑戦する者もいた。彼らの雑誌にはどうでもいい名前、もしくは幻想的な名前がついていた（「エヴロー文学新報」にはこの文学運動の出版物一覧が載っている）。たとえば「内海」、「プロヴァンス文学紀要」、「トゥーロン美術文学」、「文学新派」など。「アラスの夜警」誌（実際にアラスの夜警組合が刊行していた）には、

「野蛮」派の特徴をよく示す詩を丹念に集めたアンソロジーが載っていた。「趣味が職業になるとき」という見出しのもと、ドロルム、サブリナ・マルタン、イルゼ・クラウニッツ、M・ポール、アントワーヌ・デュバックとアントワーヌ・マドリードの詩が紹介されていた。一人一篇のところ、ドロルムとデュバックだけはそれぞれ詩を三篇と二篇載せていた。詩人たちが趣味の域にいることを強調するかのように、名前の下、証明書サイズの興味をそそる写真の横に、括弧にくくられて彼らの日々の仕事が読者のために示されていた。そのおかげで、クラウニッツはストラスブールの老人病院の看護婦見習い、サブリナ・マルタンはパリで何軒かの家の家政婦をかけもちし、M・ポールは肉屋で、アントワーヌ・マドリードとアントワーヌ・デュバックはそれぞれパリ中心部の大通りのキオスクで新聞の売り子として生計を立てていることがわかった。ドロルムとその一派の写真には、わずかに注意を引く何かがあった。ひとつには、全員がカメラを、それゆえ読者の目をじっと見つめているということで、まるで催眠術をかけようと子供っぽい（あるいは少なくとも無駄な）努力をしているように見えた。ふたつめは、全員が例外なく固い信念をもち、なにより自信にあふれているように見えることだ。この自信というのは、ばつの悪さや疑いの対極にあるものだが、考えてみれば彼らはフランスの作家たちなのだから、たぶん珍しいことではないのだろう。彼らのあいだの年齢差は明らかで、「野蛮な作家」たちに世代的な類似があったわけではなかった。六十を迎えた（そうは見えなかったが）ドロルムと、まだ二十二歳にもなっていないであろうアントワーヌ・マドリードのあいだには、少なくとも二世代の開きがあった。どちらの雑誌も、冒頭にグザヴィエ・ルベールなる人物による

「野蛮なエクリチュールの歴史」と、ドロルム自身の一種のマニフェストである「書くという趣味」と題された文章が載っていた。どちらも「野蛮なエクリチュール」の由来と、地下に隠れ、必ずしもつねに穏やかというわけではなかった彼らの道のりにおける特筆すべきいくつかの出来事を書いていたが、ドロルムのほうはどちらかというと学者ぶったぎこちない文章であるのに対し、ルベールのほうは意外にも軽妙かつエレガントな文章でつづられていた（この著者については、おそらく本人が書いたと思われる略歴が載っていて、それによると元シュルレアリスト、元共産党員、元ファシスト、「友人」であるサルバドール・ダリに関する本『世界のオペラについてのダリの賛否両論』の作者で、現在はポワトゥーで隠遁生活を送っている）。ルベールとドロルムの文章がなければ、彼らのことを、郊外のどこか労働者階級が多く暮らす地区の文学の創作教室で活動している（たぶん単に活動しているだけでなく、意欲的に活動している）メンバーぐらいに思ってしまったことだろう。彼らの顔はごく平凡だった。サブリナ・マルタンは三十歳くらいの寂しげな女性、アントワーヌ・マドリードは無口で用心深い気取り屋の雰囲気を漂わせ、他人とは距離をおいて接するタイプに見え、アントワーヌ・デュバックは禿げ頭で近眼の四十代、クラウニッツは年齢不詳の事務員という見かけの裏に大量の不安定なエネルギーを隠しているように見え、M・ポールはまるで骸骨で、顔は紡錘形、髪は短く刈り込み、鼻は長く骨張っていて、耳は頭蓋骨に張りついたよう、喉仏は突き出ていて、歳は五十前後、そしてリーダーのドロルムはまさに見てのとおりの人物、元外国人部隊兵、強い意志の持ち主だった。（それにしても、ほかでもないこの男が、本を汚すことでフランス語の話し言葉と書き言葉をよりよいものにすることができるなどと、どうやって思いついたのだろう？　彼の儀式の基本的方向性を、人生のどんな時期に決めたのだろう？）ジュール・デフォーの書いたものは、ルベール（この著者を、「アラスの夜警」誌の編集者は新しい文学運動の洗礼者ヨハネと呼んでいた）の文章の隣に載っていた。「アラスの夜警」のほうは評論で、「文学新報」のほうは詩だ。前者では、とぎれとぎれの激しい文体で、文学とは無縁の人々によって書かれる文学を擁護していた（同じように政治も、まさにそのとき実現されつつあり著者がそれを歓迎しているように、政治とは無縁の人々によって担われるべきなのだった）。文学のいまだなされていない革命とは、とデフォーは述べる。ある意味で文学を廃止することである。それは大文字の〈詩〉を非-詩人が作り、それを非-読者が読むときに起こる。これを書いたのは誰であってもおかしくないと僕は思った。ルベールの可能性もあるし（とはいえ彼の文体とはまったくの対極にあった。ルベールは、読むとわかるが年寄りで、皮肉屋で、意地が悪く、ヨーロッパ人で、かつてはエレガントだった。彼にとって文学は航行可能な川の形をしていて、確かに危険の多い河床はあったがそれでも川であることには変わりなく、地上はるか遠くに見えるハリケーンなどではなかった）、あるいはドロルム自身（彼が十九世紀フランス文学の本を何百冊もびりびりに破いたあとで、ついに散文で書くことを学んだとすればの話で、とても考えられないことではあるが）、世界を燃やしたいと望む者なら誰でも書けた。だが僕は直感した。パリの元守衛を指導したこの人物こそがカルロス・ビーダーだ。

詩のほうは（散文詩で、こう言ってはなんだが、ジョン・ケージの詩日記の断片に、フリアン・デル・カサルかマガジャネス・モウレを怒り狂った日本人がフランス語に訳したような詩行が混じったものを僕は連想した）言うべきことはあまりない。それはカルロス・ビーダーが行き着いた最後のユーモアだった。カルロス・ビーダーの真剣さが表われていた。

10

ふたたびロメロに会ったのは、それから二か月経ったころだった。

バルセロナに戻ってきたとき、前よりもさらに痩せていた。ジュール・デフォーの居所がわかった、と彼は言った。ずっとこの近くにいたんだ、おれたちのすぐそばに、と言った。嘘みたいだろ？

にやりとしたロメロの顔に僕はぎょっとした。

彼はがりがりに痩せていて、犬みたいだった。行こう、と戻ってきたその日の午後に指示を出した。僕の家にスーツケースを置いて、家を出る前、僕がドアに鍵をかけるのを確認した。こんなにすべてが素早く運ぶとは思っていませんでしたよ、とようやく僕は言った。ロメロは廊下から僕のほうを見て言った。覚悟しておけ、おれたちはちょっとした旅行に出ないといけない、着くまでのあいだ、全部説明してやるから。僕たちはほんとうに彼を見つけたんですか？　と僕は尋ねた。なぜ主語を複数形にしたのかわからない。おれたちはジュール・デフォーを見つけた、と言うと彼は曖昧に頭を動かしたが、その身ぶりはどうとでもとれた。僕は夢遊病者のように彼のあとをついていった。

僕はもう何か月も、もしかすると何年もバルセロナを離れたことがなかったように思う。カタルーニャ広場駅（僕の家から数メートルのところ）はまったく馴染みのない、明るく輝く場所に、何の役に立つか忘れてしまった新しい装置だらけの場所に見えた。僕ひとりでは、ロメロのように見事に素早く行動することはできなかっただろうし、彼は僕がいかにももたもたした旅行者であると気がついた、というかあらかじめわかっていたので、僕がプラットホームにたどり着くまでのあいだに立ちふさがる機械を通過できるように手を貸してくれた。それから僕たちは無言で数分ほど待ったあと郊外に向かう電車に乗り、マレズマ地区の海岸沿いを通って、トルデラ川を渡ったところにあるコスタ・ブラバの最初の町ブラーナスまで行った。バルセロナを発つとき、費用はどこから出ているのかと訊いてみた。あるチリ人だとロメロは答えた。地下鉄の駅を二駅過ぎ、郊外に出た。すぐに海が姿を現わした。宙にぶら下がっている首のないネックレスの玉のように数珠つなぎになっている海岸を、弱々しい太陽が照らしていた。チリ人？　こんなこととといったいどんな関係があるんですか？　あんたは知らないほうがいい、とロメロは言った。まあ想像してみてくれ。大金ですか？（もし大金を出すなら、この調査の結末はひとつしかありえないと僕は考えた。）かなりの額だ、最近金持ちになった同胞だ、と彼はため息をついた。外国でではなく、チリ国内でだ、人生はわからないもんだよ、どうやらチリには金持ちになっている連中が相当いるらしい。聞いたことはあります、と僕は皮肉めいた調子で言おうとしたが、悲しげな調子にしかならなかった。で、あなたはそのお金で何をするつもりですか、相変わらず国に帰ろうと考えているんですか？　ああ、帰るつもりだ、とロメロは言った。少ししてこう付け加えた。計画があるんだ、失敗するはずのないビジネスだ、パリで研究したんだ、失敗するはずはない。どんな計画なんですか？　と僕は尋ねた。あるビジネスだ、と彼は言った。起業するんだよ。僕は黙り込んだ。誰も彼もがビジネスを思い描いて国に戻っていた。列車の窓からは実に美しい家が見えた。ムダルニズマ様式の建築で、庭には背の高い椰子の木があった。葬儀屋をやるんだ、とロメロが言った。最初は小さなことから始めるつもりだが、発展させる自信がある。冗談を言っているのだと思った。からかわないでくださいよ、と僕は言った。真面目な話だ、秘訣は金のない人たちに立派な葬式、ある種の趣味のよささえ感じられるような葬式を提供することにある（この点についてフランス人は本当にナンバーワンだね）、プチブルにはブルジョワの葬式を、プロレタリアートにはプチブルの葬式をしてやる、そこにすべての秘訣がある。これは葬儀屋の経営に限ったことじゃない、人生全般の秘訣さ！　故人の親族を丁重に扱うこと、とそのあとで彼は言った。真心、品位、どんな死者であれ、その精神的な威厳をみなに知ってもらうこと。最初はだな、と列車がバダローナを離れ、僕たちがやろうとしていることは本当のことなんだ、抗えないことなんだと僕が考えはじめたときにロメロは言った。きちんと片付いた部屋が三つあれば足りる、ひとつは事務所で、亡骸をきれいにするところとしても使い、もうひとつは通夜用の部屋、三つめが待合室で、椅子と灰皿を置く。理想は二階建ての小さな家を中心街の近くに借りることだ、二階は住居で一階が葬儀屋。家族経営になるだろう、かみさんと倅《せがれ》が手伝ってくれるかもしれないからな（もっとも倅については、あまり確かなことは言えないが)、秘書をひとり雇うってのもいいだろう、若くて控えめな女性、それに働き者でなくちゃいけない、知ってのとおり、通夜のあいだや、まさに埋葬のとき、若い者がそばにいるのはありがたがられるものなんだ。もちろん、葬儀屋の主人はまめに(留守の場合は誰か助手が)故人の親戚や友人たちにピスコか何か飲み物を出しに行かなければならない。これは思いやりの心と気配りをもって行なう必要がある。故人の親類のようなふりをするんじゃなく、この葬式は自分の人生と無関係ではないということが伝わるようにするんだ。話すときは小声でないといけないし、熱意を示しすぎてもいけない、握手するときは左手で相手の肘を支えてやらなければならないし、誰をどのタイミングで抱きしめるかもわかっていなければならない、議論が始まったら、話題が政治、サッカー、人生全般、あるいは七つの大罪でも何であっても、引退した善き裁判官のように、どちらの肩も持つことなくその議論に加わらなければならない。棺による儲けは三倍になるかもしれない。警察時代の仲間がサンティアゴにいて、椅子を作ってるんだ。先日この件について電話で話したら、椅子も棺もたいして違いはないと言っていた。黒いワゴン車が一台あれば、最初の一年はなんとかやっていける。この仕事は疑いなく、汗よりも客あしらいの才が必要だ。外国暮らしが長く、会話のネタに困らないなら……チリではみんな、そういう話に飢えてるからな。

だが僕はもうロメロの話を聞いていなかった。ビビアーノ・オリアンのこと、ラ・ゴルダ・ポサーダスのこと、すぐ目の前にある海のことを考えていた。一瞬、コンセプシオンの病院で働き、結婚してそれなりに幸せに暮らしているラ・ゴルダの姿を想像した。本人の意に反して、悪魔が心を許す相手だったが、彼女は生きていた。子供たちに囲まれ、分別ある思慮深い読者になった姿まで想像した。それからチリに残ってビーダーの足跡を追ったビビアーノ・オリアンの姿を見た。靴屋で働き、疑り深い中年女性にハイヒールを履かせたり、無害な子供たちに靴を履かせたりして、片手に靴べら、もう片方の手に〈バタ〉のみすぼらしい靴の箱を持ち、微笑んではいるものの心は別の場所にあり、そんなことをしているのもイエス・キリストのようにちょうど三十三歳になるまでのことで、そのあと本を何冊か出版して成功を収め、サンティアゴのブックフェア（実際あるのかどうかは知らないが）で自著にサインをし、客員教授としてアメリカの大学に滞在し、不真面目な衝動にかられてチリの新しい詩またはチリ現代詩について論じ（なぜ不真面目かというと、真面目なのは小説について話すことだから）、僕のことを、詩人たちのリストの最後のほうではあってもまったくの忠誠心かまったくの同情心で、ヨーロッパのいくつもの工場で姿をくらました変わり者の詩人……と紹介してくれている、そんな彼の姿を僕は見た。キャリアの頂点に向かってシェルパのように突き進んでいく姿を見た。ますます尊敬され、ますます有名になり、ますます金持ちになり、過去ときっぱり決別するのに理想的な状況にいた。突然のメランコリーか郷愁か健全な嫉妬（健全というのはさておき、チリではそれは、もっとも残酷な嫉妬と同義だった）かわからないが、一瞬、ロメロの背後にはビビアーノがいるのかもしれないという考えが頭をよぎった。彼にそう言ってみた。おれを雇ったのはあんたの友だちじゃない、とロメロは言った。おれが調査を始められるような金さえないだろう。おれの依頼人は、と彼は声を潜め、内緒話のような口調になったのがかえってしらじらしく聞こえた。ほんと、いいうに金を持ってるんだ、わかるか？　ええ、と僕は言った。文学は悲しいものですね。ロメロは少し笑った。海を見てみろ、と言った。畑を見てみろ、きれいじゃないか。僕は窓の外を見た。向こう側では海がまるで鏡のように穏やかに見え、こちら側ではマレズマ地区の果樹園で何人かの黒人が汗水たらして働いていた。

列車はブラーナスに停まった。ロメロが何か言ったが聞き取れず、僕たちは列車を降りた。足がっているような気がした。駅を出ると、四角いが丸く見える小さな広場に赤いバスと黄色いバスが一台ずつ停まっていた。ロメロはガムを買い、疲れ切った僕の顔を見ると、元気づけようとしたのか、二台のバスのどちらに乗ると思うかと訊いた。赤、と僕は言った。そのとおり、とロメロは言った。

バスは僕たちをリュレットで降ろした。春の乾いた日で、観光客は多くはなかった。僕たちは下り坂になった道を進み、それから急勾配の道を二つ上って、夏を過ごすアパートが建ち並ぶ地区に着いた。ほとんどの建物は空っぽだった。奇妙な静けさだった。まるで牧場か農場の近くにいるかのように、遠くで動物の鳴き声が聞こえた。その殺風景な建物のひとつにカルロス・ビーダーが住んでいた。

自分はどうやってここまで来たんだろう、と僕は考えた。この通りにたどり着くまでに、いくつの通りを歩かなければならなかったのだろう。

列車のなかでロメロに、ドロルムを見つけるのは大変だったかと尋ねた。いや、と彼は答えた。簡単だった。今もまだパリで守衛として働いている。彼にとって訪問客はみな宣伝のネタなんだ。おれはジャーナリストのふりをした、とロメロは言った。彼は信じたんですか？　もちろん信じたよ。コロンビアのある新聞に「野蛮な作家たち」の全史を載せるつもりだと言ったのさ。実はドロルムは去年の夏リュレットにいたんだ、とロメロは言った。現に、デフォーが住んでいるアパートはドロルムの運動に加わっている作家のひとりが所有している。哀れなデフォー、と僕は言った。ロメロは僕が馬鹿なことを言ったかのように僕を見た。おれにはあの連中が気の毒には思えない、と彼は言った。今やその建物はすぐそこにあった。高さも横幅もある、どこにでもある建物、観光ブームの時期に造られた典型的な建築、がらんとしたバルコニー、手入れのされていない、これといって特徴のない正面。ここにはきっと誰も住んでいない、と僕は踏んだ。せいぜい前の年の夏から居残っている漂流者たちくらいだろう。ビーダーがこれからどうなるのか教えてほしいと僕は強く言った。ロメロは答えなかった。血を見るようなことはごめんだ、と僕はつぶやいた。僕たち二人しかその通りにいなかったのに、誰かに聞かれるのを恐れるかのように声を潜めて。そのとき僕はロメロのほうとビーダーの建物を見ないようにし、まるで繰り返し見る悪夢のなかにいるような気がしていた。目が覚めたら、と僕は思った。母がモルタデラ・ソーセージのサンドウィッチを作ってくれて、僕は学校に行く。でも目は覚めない。やつはここに住んでいる、とロメロが言った。建物もその地区全体もがらんとしていて、次の観光シーズンが始まるのを待っていた。一瞬、これからなかに入るのだと思い、僕は足を止め、ビーダーの家の玄関ホールのほうに行こうとした。止まらないで先に行くんだ、とロメロが言った。彼の声は落ち着いていた。人生はつねに最悪な終わり方をするのだから、気持ちを高揚させるほどの価値はないと知っている者の声のように聞こえた。ロメロの手が僕の肘に触れた。まっすぐだ、と言った。後ろを見るな。僕たちは奇妙な二人組だったにちがいないと思う。

その建物は鳥の化石に似ていた。一瞬、すべての窓からカルロス・ビーダーの目がこちらを見ているような気がした。ますます緊張してきました、とロメロに言った。見ててわかります？　いや、とロメロは言った。あんたは立派に振る舞ってるよ。ロメロが落ち着いているおかげで僕の心も鎮まってきた。通りをいくつか渡り、あるバルの入り口で僕たちは立ち止まった。その地区で唯一開いている店のようだった。アンダルシア風の店名で、内装はセビーリャの居酒屋らしい雰囲気を効果的に、というかもの寂しく再現しようとしていた。ロメロは店先までいっしょに来た。自分の時計に目をやった。正確にいつかはわからないが、しばらくすると、あいつがコーヒーを飲みにやってくる。もし現われなかったら？　毎日来るんだ、とロメロは言った。それは確かだ、だから今日も来る。でももし今日来なかったら？　なら明日また来よう、とロメロは言った。でも来るさ、必ず。僕はうなずいた。あいつをじっくり観察して、あとでおれに教えてくれ。そこに座って、動くんじゃない。動かずにいるのは難しいですよ、と僕は言った。がんばってみろ。僕は笑った。ただの冗談ですと言った。緊張してるんだろう、とロメロが言った。暗くなったら迎えに来る。少し馬鹿げていたが、僕たちは力強く握手を交わした。何か読む本を持ってきたか？　ええ、と僕は言った。何の本だ？　彼に見せた。こんなものでいいのか、とロメロは突然疑わしげに言った。雑誌か新聞がいいと思うが。ご心配なく、と僕は言った。好きな作家ですから。ロメロは最後に僕を見て言った。じゃあ、またあとで、二十年以上経っていることをよく考えろよ。

バルの大窓からは海と真っ青な空と、海岸の近くで漁をしている小舟が数隻見えた。僕はカフェオレを注文し、気持ちを落ち着かせようとした。心臓が飛び出しそうな気分だった。バルに客はほとんどいなかった。女がひとり、テーブル席で雑誌を読み、二人の男がカウンターにいる店員と話していたか議論していた。僕は本を開いた。ファン・カルロス・ビダルが訳したブルーノ・シュルツの『全集』。読もうと努めた。何ページか読み進めて、何も頭に入っていないことに気づいた。文字を追ってはいるのだが、言葉が、不可解な世界でせわしなくうごめく理解不能な甲虫のように通り過ぎていった。ふたたびビビアーノやラ・ゴルダのことを考えた。今や遠い昔のガルメンディア姉妹やほかの女たちのことは考えたくなかったが、やっぱり彼女たちのことも考えてしまった。

バルには誰も入ってこず、誰も動かず、時が止まってしまったかのようだった。僕は気分が悪くなってきた。海で漁をしていた小舟がヨットに姿を変え（そのため、風が吹いているにちがいないと僕は思った）、海岸線は灰色で単調で、ごくまれに、歩いている人やひと気のない広い歩道を自転車で行くことを選んだ人の姿が見えた。浜辺までは歩いて五分くらいだろうと思った。道はずっと下り坂だった。

空にはほとんど雲がなかった。理想的な空だと思った。

そのときカルロス・ビーダーがやってきて、テーブル三つ離れた大窓のそばに座った。一瞬（その間、僕は気を失うかと思った）、彼にぴったりくっつかんばかりの僕自身の姿、彼が開いたばかりの本（科学の本、地球温暖化に関する本、宇宙の起源に関する本）を肩越しにのぞき込むおぞましいシャム双生児の片割れを見た。あまりに近くにいたので、僕に気づかないはずはなかったが、ロメロの予想どおり、ビーダーは僕のことがわからなかった。

彼は老け込んでいた。きっと僕もそうだっただろう。でも違う。彼のほうがはるかに老けていた。以前より太り、しわが増え、実際は僕と二つか三つしか違わないのに、少なくとも僕より十歳は年上に見えた。海を眺めながら煙草を吸い、ときどき本に目をやった。僕と同じだった。そのことに気づいてぞっとし、煙草を消して自分の本のページに没頭しようとした。ブルーノ・シュルツの言葉が一瞬にして怪物的な様相を呈し、ほとんど耐えがたいほどになった。生気のないビーダーの目が僕を詮索しているような気がし、同時に、僕が（たぶんあまりに速く）めくっているページの上で、前は文字だった甲虫が目に、ブルーノ・シュルツの目に変わり、何度もまぶたを開いたり閉じたりしていた。空のように明るい、海面のようにきらきら輝く目が、真っ暗闇のなかで、何度もまぶたを開き、まばたきしていた。いや、真っ暗闇ではない、乳状の暗闇のなかだ、黒い雲の内側のような。

もう一度カルロス・ビーダーのほうに目をやると、こちらに横顔を向けていた。不屈の精神を持つ者に見えると僕は思った。そんなふうになれるのはある種のラテンアメリカ人だけ――それも四十過ぎの者だけ――だ。ヨーロッパ人やアメリカ人の不屈さとはずいぶん違う。哀しく、手の施しようのない不屈さ。だがビーダー（ガルメンディア姉妹の少なくともひとりが愛したあのビーダー）は哀しそうには見えず、まさにそこに果てしない哀しみがあった。彼は大人に見えた。けれど大人ではない。それはすぐにわかった。己を律する者に見えた。彼なりのやり方で、それがどんなものであろうと自ら定めた規範のなかで、あの静かなバルにいた誰よりも己を律する人間だった。そのとき海岸の近くを歩いていた人々や、間近に迫った観光シーズンに備えて、姿を見せずに働いていた人々の多くよりも己を律する人間だった。彼は不屈で、何も持たず、あるいはほとんど何も持たないにもかかわらず、そのことをたいして気に留めていないようだった。不運な時期を過ごしているように見えた。冷静さを失うことも、抑えきれずに夢を見はじめることもなく、待つことのできる人間の顔をしていた。詩人には見えなかった。チリ空軍の元将校には見えなかった。伝説の殺人鬼には見えなかった。南極大陸に飛び、空中に詩を書いた男には見えなかった。少しも。

日が暮れはじめると彼は出ていった。ズボンのポケットを探ってコインを一枚取り出し、わずかな額のチップをテーブルに置いた。僕の背後でドアが閉まる気配を感じたとき、笑っていいのか泣いていいのかわからなかった。僕はほっとため息をついた。開放感と、問題が解決したという思いがあまりに強かったので、バルにいた人たちの好奇心をかきたててしまうのではないかと思ったほどだ。二人の男はカウンターでひそひそ話をつづけ（議論していたわけではまったくなかった）、世界のすべての時間を思いのままに使っていた。ウェイターは煙草をくわえ、ときどき雑誌から目を上げて自分に微笑みかける女を見つめていた。女は三十前後で、横顔がとてもきれいだった。物思いにふけるギリシアの女みたいだった。もしくは改宗したギリシアの女。僕は突然空腹をおぼえ、幸せな気持ちになった。ウェイターに合図した。ハモン・セラーノを挟んだフランスパンとビールを注文した。ウェイターが運んできたとき、少し言葉を交わした。それから読書を続けようとしたが、できなかった。そこで、食べたり飲んだり窓から海を眺めたりしながら、ロメロを待つことにした。

まもなくロメロが来て、いっしょに外に出た。最初のうち、ビーダーの住む建物からどんどん遠ざかっていくような気がしたが、実際は回り道をしているだけだった。あいつだったか？　とロメロが尋ねた。ええ、と僕は答えた。確かか？　確かです。僕はもう少し何か言おうとしたが――たとえば時間の経過についての倫理的および審美的考察（ばかばかしい、なにしろビーダーに関して言うなら、時間は岩のようなものだからだ）――ロメロは歩調を速めた。この人は仕事をしているんだ、と僕は考えた。僕たちは仕事をしている、とぞっとしながら考えた。僕たちは押し黙ったまま、通りや路地をあちこち回り、ついにビーダーの建物が月に照らされて空にくっきり浮かび上がるところに出た。魔法の杖か、他のどこよりも強力な孤独に触れられたせいで、その建物だけが奇妙で、その存在を前に身を縮め、かすんでいるように見える他の建物とは違っていた。

僕たちはすぐに公園のなかに入った。小さな公園だったが、植物園のように草木が生い茂っていた。ロメロは木の枝でほとんど隠れているベンチを指さした。ここで待っていてくれ、と彼は言った。僕は最初はおとなしく座った。それから暗がりのなかで彼の顔を探した。殺すつもりですか？　とささやいた。ロメロの表情を読み取ることはできなかった。ここで待つか、さもなければブラーナスの駅に行って、最初に来た電車に乗ってくれ。あとでバルセロナで落ち合おう。殺さないほうがいいと思う、と僕は言った。そんなことをすれば僕たちは破滅してしまうかもしれません、あなたと僕は。それにそんなことをする必要はないんです、あの男はもう誰にも危害を加えることはありません。おれはあいつのせいで破滅なんかしないよ、とロメロは言った。それどころか、おれの商売の元手ができるんだ。あいつが誰にも危害を加えるはずはないなんてわかるものか、現におれたちはあの男のことを知らないし、知りえない、あんたもおれも神じゃない、自分たちができることをするまでだ。それだけだ。ロメロの顔は見えなかったが、その声（身じろぎもしない体から発する声）で説得力をもたせようと努力しているのがわかった。無駄ですよ、と僕は主張した。すべては終わってしまったんです。もう誰も、誰かに危害を加えることはないんです。ロメロは僕の肩を叩いた。このことに口を出さないほうがいい、と言った。すぐ戻る。

僕はベンチに座り、黒い灌木と、絡み合い交差する枝が風に揺れて模様を作るのを眺めながら、遠ざかっていくロメロの足音を聞いていた。煙草に火をつけ、どうでもいい問題について考えはじめた。たとえば時間について。地球温暖化について。次第に遠ざかっていくはるかな星々について。

ビーダーのことを考えようとした。部屋にひとりでいる彼の姿を想像しようとした。これといって特徴のない部屋。空き部屋の多い、八階建ての四階。テレビを見ているか、肘掛け椅子に座って酒を飲んでいる。するとロメロの影がためらうことなく滑り込み、彼のほうに向かっていく。僕はビーダーの姿を想像しようと試みたが、やはりできなかった。というか想像したくなかった。

三十分後、ロメロが戻ってきた。小脇に書類が入ったファイルを抱えていた。ゴムバンドをかけて閉じる、生徒が学校で使うファイルと同じものだ。書類でふくらんでいたが、はちきれそうというわけではなかった。ファイルは公園の灌木のような緑色をしていて、擦り切れていた。それだけだった。ロメロの様子にとくに変わったところはなかった。前より良くもなければ悪くもなかった。楽に呼吸をしていた。彼の顔を見ると、ハリウッド俳優のエドワード・G・ロビンソンそっくりだった。エドワード・G・ロビンソンが肉挽き機のなかに入り、姿を変えて出てきたみたいだった。瘦せて色黒になり、髪が増えているが、同じ唇、同じ鼻、なにより同じ目をしていた。何かを知っている目。あらゆる可能性を信じているが、同時に、すべてが取り返しがつかないということを知っている目。行こう、とロメロは言った。

僕たちはリュレットとブラーナス駅を結ぶバスに乗り、そのあとバルセロナ行きの列車に乗った。道中、ロメロは二回ほど何か会話をしようとした。一回めはスペインの列車の「明らかに近代的な」美しさを褒めた。もう一回は、残念ながらカンプ・ノウでバルセロナの試合は見ることはできないなと言った。僕は何も言わないか、ええとか、そうですかとだけ答えた。会話する気分ではなかった。窓から見える夜が美しく穏やかだったのを覚えている。どこかの駅で少年少女たちが乗り込み、まるでゲームでもしているみたいに次の駅で降りていった。きっと安さと近さに惹かれて、隣町のディスコに向かったのだろう。みな未成年で、何人かは勇者のような顔をしていた。幸せそうに見えた。その後列車は大きな駅に停まり、彼らの父親であってもおかしくない労働者の一団が乗り込んできた。それから、正確にいつだったかはわからないが、いくつものトンネルを過ぎ、車両の明かりが消えたとき、誰かが、若い女性だったが、叫び声をあげた。そのとき僕はロメロの顔を見た。いつもと同じ顔だった。カタルーニャ広場駅に着いたとき、僕たちはようやく話すことができた。どうでしたかと僕は尋ねた。いつもと同じだ、とロメロは言った。きつかった。

僕の家まで歩いて戻った。彼はスーツケースを開け、封筒を取り出すと僕に渡した。三〇万ペセタ入っていた。こんな大金はいりません、と僕は数えたあとで言った。あんたのだ、とロメロは言いながらファイルを服の隙間に入れてスーツケースを閉めた。あんたが手に入れたものだ。僕は何も手に入れていませんよ、と僕は言った。ロメロはそれには答えず、キッチンに入ってお湯を沸かした。どこに行くんですか？　と僕は尋ねた。パリだ、と彼は言った。十二時の便だ。今夜は自分のベッドで寝たい。僕たちは最後のお茶を飲み、しばらくしていっしょに外に出た。お互い何を話していいかわからずに、少しのあいだ歩道の縁に立ってタクシーが通りかかるのを待った。こんな体験は生まれて初めてです、と僕は打ち明けた。そんなことはない、とロメロはとても穏やかに言った。おれたちにはもっとひどいことが起こったんだから、少し考えてみるがいい。そうかもしれません、と僕は認めた。でも今回のことは特別に恐ろしい。恐ろしい、とロメロはその言葉を味わうように繰り返した。それから小さく笑った。無理に作ったような笑いで、そうだな、恐ろしくないわけがないと言った。笑う気分ではなかったが、僕も笑った。ロメロは空や建物の明かりや車のライトやネオンサインを見ていた。疲れて小さく見えた。この人はもうじき六十になるのだろうと思った。僕はもう四十を過ぎていた。タクシーが一台、僕たちの脇に停まった。体に気をつけろよ、と最後に言うとロメロは去っていった。

解説　肩越しにのぞき込む恐るべき双生児《ダブル》

鴻巣友季子

得体の知れない狂気の気配、世界のあちこちに現れる奇妙で不吉な啓示と暗合……。ときに、この世を覆う情け深いヴェールが唐突に破れ、その奥にあるこの世の「秘密」が剝きだしになる。形にならない巨大な不安を、無形のまま差しだす。その恐るべき技において、ロベルト・ボラーニョの右に出るものがいるだろうか。

ああ、ボラーニョの小説はどれも涯てしなく続く極上の悪夢のようだ。

ボラーニョの描く世界では、シュールレアルなことがたびたび起きる。しかし彼はラテンアメリカ文学の代名詞のようなマジック・リアリズムにはむしろ背を向け、あくまでリアリズム小説に軸足を置いたまま、地に足をつけたまま現実の向こう側に飛翔するような、信じがたいことをやってのけるのだ。

◆

「チリでは石をどけると、五人の詩人が這い出てくる」と、チリの国民的詩人パブロ・ネルーダはかつて言ったが、日本語流に直せば、「石を投げれば詩人にあたる」というところだろうか。それぐらい詩の活動が盛んであり、詩人がやたらといる。

『はるかな星』の語り手も当然ながら詩人である。

(以下、本作および他のボラーニョ作品の展開や細部にふれるので注意してください。)

語り手は、アルトゥーロ・B。ボラーニョの読者はすぐさま、『野生の探偵たち』に出てきた学生のひとり、アルトゥーロ・ベラーノを思いだすだろう。この人物はボラーニョの分身的存在と言われ、作者本人の覚え書きによれば、遺作となった五部から成る巨編『2666』の全体の語り手も、アルトゥーロ・ベラーノだとされている。

さて、『はるかな星』には、前身となる物語がある。作者の初期作のひとつで架空人物事典の傑作『アメリカ大陸のナチ文学』の最終項「カルロス・ラミレス＝ホフマン」がそれで、この項目は「僕」＝ボラーニョという名の人物を語り手として書かれていた。ところが、『はるかな星』の序文を読んでみると、実はこのラミレス＝ホフマンの話はもともと「アフリカの命知らずの冒険家アルトゥーロ・B」に聞いた話だというではないか(アルトゥーロ・Bとボラーニョは置換可能な分身同士であることの証左でもあるかもしれない)。

アルトゥーロはラミレス＝ホフマンの話は概略的すぎたのでもっと長く語りたいと希望し、彼とボラーニョはふたりで一か月半かけ、それを本作の形に協働して書きあげたという。

では、本作の序文で「日を追うごとに生気を増すピエール・メナールの亡霊を相手に、多くの同じ文章がふたたび使われることが妥当かどうかを検討」したと書かれているのは、どういうことだろうか。ピエール・メナールはもちろん、ホルヘ・ルイス・ボルヘスの作「『ドン・キホーテ』の著者、ピエール・メナール」の同名人物を指しているだろう。ボルヘスはまったく同一の文章でも置かれる文脈や時空間によって、まったく違った意味を持ち得ることを、この作品によって鮮やかに示した。

ということは、「カルロス・ラミレス＝ホフマン」と『はるかな星』では同一または類似した文章が見られるが、それは異なるコンテクストのなかで違った意味を持ち得る、という主張でもあるだろうか？

『はるかな星』と「カルロス・ラミレス＝ホフマン」のねじれた関係は、以下のような箇所にも表れているのではないか？『はるかな星』の作中で、語り手アルトゥーロの友人ビビアーノが「アメリカ大陸のナチ文学のアンソロジーを」書きたいと将来の夢を語る場面がある。先行作『アメリカ大陸のナチ文学』を意識した作者の自己言及的記述なのだろうが、しかし「アンソロジーを書く」とはどういうことか？「アンソロジーを編む」ならわかるが、ここは、『アメリカ大陸のナチ文学』という作品をすでに書いていたボラーニョの筆が滑ったのではないか？設定としては、その本をどこかでビビアーノが読んで、実際のアンソロジーを「書こう」（編もう）と思ったというシナリオかもしれない。

このように、ボラーニョの作品群では、登場人物やエピソードが重なり繫がるだけでなく、しばしば虚実の境を飛び越えて有機的に連携するのだ。

◆

アルトゥーロ・Bと作者をはじめ、『はるかな星』はボルヘス的なダブル（分身）やパラレルワールドにも充ちている。カルロス・ラミレス＝ホフマンは本作では、まず「アルベルト・ルイス＝タグレ」という名の学生詩人として登場する。一九七一年か七二年ごろ、すなわち一九七三年にアウグスト・ピノチェト将軍が軍事クーデターでアジェンデ政権を倒す直前のころだが、トロツキストのファン・ステインという詩人の創作ゼミで、語り手はルイス＝タグレと知りあう。彼は独学者だというが、そのわりにはずいぶん身なりが良く、背が高くハンサムで、「人当たりはいいがよそよそしい態度」をとった。詩の才能はあったらしい。もっとも、語り手が評するには、ルイス＝タグレの風景の詩は「ホルヘ・テイリエールが脳震盪を起こしたあとに書いたような代物」であり、空気を歌った詩は「テイリエールが失語症に陥りながらも文学的情熱は保っているかのような詩だった」そうだ。ともあれ、ゼミの花形のベロニカとアンヘリカという美しき双子のガルメンディア姉妹も（ここにもダブルのモチーフがある）、おデブの《ラ・ゴルダ・》マルティータも、大学内の女子学生たちはみんな彼に魅了され、語り手たち男子学生たちは彼を羨む。だが、この男にはなにか黒々とした邪悪な闇がつきまとっており、一部の人間はそれを察知して……。

　クーデター後、ルイス＝タグレは突如姿を消し、次にはチリ空軍中尉「カルロス・ビーダー」というオルター・エゴとして再登場する。航空機を使って空にメッセージ詩を描くことで有名になり、語り手たちもそれがルイス＝タグレと同一人物だと気づく。ちなみに、ビーダー Wieder という名には「ふたたび」「二度目に」といった反復の意味がある。

　また、詩の創作ゼミを主宰するファン・ステインは「紛争が起こっていたあらゆる場所で、亡霊のように姿を現わしては消えた」というが、この記述もなんだか〝分身の術〟を思わせる。実際、ステインは南米あちこちの国で目撃されるが、彼の死後何年もしてから、ビビアーノがステインの実家を探すと、同名の家はなく、似て非なる名字のストーネが一人、ステイネルが二人、ステーンが三人、見つかる。二人目のステイネルから手がかりを得るものの、結局、行き当たった同名の「ファン・ステイン」が彼の探している詩人ファン・ステインなのか、ただのそっくりさんだったのか、よくわからない。

また、ステインの良きライバルだった詩人ディエゴ・ソトも、亡命者としてヨーロッパに姿を現す。一時は自ら詩を書くよりも、風変わりな作家たちを翻訳することで生き延び、ジョルジュ・ペレックのeの文字を使わずに書かれた推理小説『煙滅』を手がけたりする。翻訳者になるということは、他人に身を窶すことであり、これも分身化の一種だろう。

ソトはパリで別の人生を生き、おそらく幸せに暮らすが、ある日、駅でネオナチの若者らに暴行される浮浪者の女に自らを投影して「自己憐憫の涙」を流し、「自分の運命を見つけたと」唐突に直感する。「人生はテルケルとウリポのあいだで決断を下し、三面記事を」選んだ彼は、若者に向かっていって刺殺されるのだ。

ファン・ステインの場合と似て、語り手がソトの分身とみなす（読者にはどこが分身なのかわからない気もするが）「腕のないロレンソ」のエピソードが出てきて、しまいに語り手はなぜか自分の頭の中では、ステインとソトとロレンソがいっしょになっている、といったことを言いだす。三人を結び付けているのは、彼ら全員が読んだとおぼしき『我がゲシュタルトセラピー』という本ぐらいしかないというのに。

奇妙なダブル・モチーフが繰り返し現れ、他者との境の融解、癒着、あるいはひとつの自己の分裂と拡散が絶えず起きる。

ここで、カルロス・ビーダーに話をもどすと、この男に関する消息も、「錯綜し、互いに相容れないものになり、チリ文学の絶えず入れ替わるアンソロジーのなかで、彼の姿は霧に包まれたまま現われたり消えたりする」。あるときは、『フアン・サウエルへのインタビュー』という本でインタビューされているのが、ビーダーだと判明したりする。

結局のところ、ビーダーにしろ、スティンやソトにしろ、クーデター以降は、伝聞や憶測や著作物経由以外のことはほとんどわからないのだ。だれに関しても、人物像がひとつに結ばれることはない。つねに輪郭は二重、三重になってぼやけている。

◆

最後の数十ページで展開するのが、人物像の定まらないこのビーダーの追跡劇である。この部分は「カルロス・ラミレス＝ホフマン」よりずっと手厚く描かれている。

いつしかカルロス・ビーダーは死んだと巷では噂されるようになるが、ある日、語り手の住むバルセロナのアパートに、アベル・ロメロという探偵がやってくる。アジェンデ政権時代にもっとも有名な警官だった男だという（A・ロメロとイニシャルにすると、『2666』などで何度も言及されているゾンビ映画の監督ジョージ・A・ロメロをどうしても想起してしまうが）。殺人犯としてカルロス・ビーダーを探しており、語り手に助力を求めてくる。その理由が、以降の展開をすこぶる興味深いものにしているだろう。

「ビーダーは詩人で、あんたも詩人、おれは詩人じゃない。だから、詩人を見つけ出すにはほかの詩人の手助けが必要なんだ」

二十万ペセタの報酬でなにを頼まれたかといえば、つまり詩人ならではの解析力でもって、ヨーロッパ各国で出た膨大なネオファシズムの出版物の中から、ビーダー中尉の著作を見つけだし、彼の所在特定につなげる、という作業である。語り手は、スペイン、フランス、ポルトガル、イタリア、イギリス、スイス、ドイツ、そしてポーランド、ルーマニア、ロシアに至るまでの文芸誌に掲載された山ほどの作品や記事を、読んで、読んで、読みまくることになる。この中にビーダーがいる。しかし別名で。

行方をくらました謎の書き手を探すというモチーフは『野生の探偵たち』や『2666』などで、繰り返し書かれているものだが、気の遠くなるような「捜査活動」である。犯人を捜すのに、多くは同人誌に載ったあまたの作品を、目を皿のようにして読まされるのだ。さらには、ビーダーが「R・P・イングリッシュ」という名でカメラマンを務めたという低予算のポルノ映画も三本、見せられる（これも『2666』で、ロバート・ロドリゲス監督が「エル・マリアッチ」以前に撮ったという架空の低予算ポルノが時間を逆行して浸潤してきたように錯覚してしまうのが、ボラーニョ作品のおもしろいところだ）。

そうした徹底した「読む」行為の果てに、語り手はある二誌をビーダーと関係ありと断定し、ついにあるバルでビーダー本人を確認する。ここで語り手は彼にぴったりくっつく自分の姿を幻視するのだが、それは「彼が開いたばかりの本」を「おぞましいシャム双生児の片割れ」が、「肩越しにのぞき込む」図だというのだ。読むことを通じて、この読み手は書き手と一体化あるいは双生児化してしまったのか。これは、まさにボラーニョ作品の「読む」行為を通じた有機的作用を表象するような場面だ。

ラストを「カルロス・ラミレス＝ホフマン」と比べてみよう。

「カルロス・ラミレス＝ホフマン」では、ボラーニョという名の語り手が「（彼を）殺すつもりですか？」とロメロに尋ね、「お願いです、殺さないでください。あの男はもう誰にも危害を加えられません」と懇願する。

『はるかな星』では、アルトゥーロ・Bという語り手が「殺すつもりですか？」とロメロにささやき、「殺さないほうがいいと思う」と言う。そして、あの男はもう誰にも危害を加えることはありません、と言う前に、「そんなことをすれば僕たちは破滅してしまうかもしれません」という一言が挿入される。

ロメロとビーダーの対決や殺害の場面は一切ない。カルロス・ビーダーの死はその後、この現し世になにか影響を及ぼしたろうか。エピグラフに挙げられた「誰にも見られずに落ちていく星はあるのだろうか」というフォークナーの問いは、「無人の森で倒れる木は音をたてるか？」という あの哲学の問いと同じだ。誰にも見られず、間接的な言葉によってのみぼんやりとした輪郭を得ていた彼は、本当に存在したと言えるのか？　彼だけでなく、ステインやソトら、どこか遠い場所に追いやられた多くの芸術家たちも。

書く・語る者と読む・聴く者の共謀関係が断ち切られたとき、像はあっけなく消失する。虚構におけるこうした関係が現実を映したものであるのは、言うまでもないだろう。

訳者あとがき

ロベルト・ボラーニョは『野生の探偵たち』や『2666』の長篇、あるいは短篇小説の書き手としてその名を知られているが、実は詩人としての経歴が長い。メキシコシティで同世代の仲間たちと一緒に「メキシコのダダイズム」を標榜するアヴァンギャルド詩のグループ「インフラレアリスモ」を立ち上げた一九七五年ごろ、もっとも活発に活動していた。ボラーニョ二十二歳のときだ。インフラレアリスモ（infrarrealismo）の「インフラ」は「下」を意味し、言うまでもなくシュルレアリスム（スペイン語で surrealismo）の sur「上」を意識したネーミングである。メキシコ文壇に君臨していたオクタビオ・パスの詩の朗読会に乱入し妨害するなど、ゲリラ的な活動も行ない、この時期の詩人仲間との熱い交流は、『野生の探偵たち』などでも描かれているように、ボラーニョにとって生涯忘れられない体験となった。七六年には処女詩集『愛の再発明（*Reinventar el amor*）』を出版し、その後メキシコを去りスペインに渡ったあとも、ラテンアメリカの若手詩人十一名の詩をボラーニョ自身が編んだアンソロジー『火の虹の下の裸の子供たち（*Muchachos desnudos bajo el arco iris de fuego*）』をメキシコシティの出版社から七九年に出している。

詩人ボラーニョの創作の転機は、一九九〇年、スペインで知り合い伴侶となったカロリーナ・ロペスとのあいだに長男ラウタロが生まれたころに訪れた。筆一本で生きていくことを決意してはいたものの、詩作だけでは暮らしていけない。家族を養うために短篇小説を書き、スペイン各地で募集していた若手作家を対象とする文学賞に作品を送りはじめた。ボラーニョはこのころの自分を、自嘲を交えて、バッファローを追いかける北米インディアンになぞらえている。バッファロー＝賞金を仕留めれば、しばらくは食いつないでいけるというわけだ。貧乏生活を送りながらのバッファロー狩りはやがて成果を生む。九二年に「スケートリンク（*La pista de hielo*）」がアルカラ・デ・エナレス市小説賞を、九三年に「象の道（*La senda de los elefantes*）」がトレド市のフェリックス・ウラバイェン短篇小説賞を受賞し、それぞれ少部数ながら地方の出版社から刊行された。そのかたわら詩作も続け、同時期に詩集が二冊、やはり賞を受けて地方で出版されている。

おそらくこれらの受賞で自信を得たボラーニョは、今度は賞と関わりなく、いくつかの大手出版社に原稿を送るという策に出る。そうして声をかけられ一九九六年に出版にこぎつけたのが、バルセロナのセイス・バラル社刊『アメリカ大陸のナチ文学』（白水社、二〇一五年）である。実在しない三十人の詩人と作家を紹介する文学事典の体裁をとった風変わりな小説だが、実はこの原稿は別の出版社、アナグラマ社の編集者ホルヘ・エラルデの目にも留まっていた。先を越されたことを知ったエラルデは、他に原稿があれば読ませてもらいたいとボラーニョに頼んだ。しばらくして渡されたのが本書『はるかな星』である。この原稿も複数の出版社に送っていたが、どこも引き受けてくれなかったのだ。エラルデは一読して出版を決める。こうしてその年にまず『アメリカ大陸のナチ文学』が、数か月遅れて『はるかな星』がそれぞれ別の出版社から相次いで刊行され、どちらも批評家たちから好意的な評価を受けることになった。もっとも、二冊とも売れ行きははかばかしくなく、『アメリカ大陸のナチ文学』のほうは、その後在庫の断裁処分という憂き目に遭う。いずれにせよ、こうして生活のためにと小説を書き始めたボラーニョだったが、この二冊によって小説家として本格的なスタートを切ることになった。とはいえ、詩人としての自負は引きずっていた。彼の小説には詩人が登場することが多い。詩人としてどう生きるかを問いながら人生の選択をする人たち。本書もその例外ではない。

『アメリカ大陸のナチ文学』と『はるかな星』は同じ年に刊行されたが、内容的には、前者の一部を独立させ、発展させたものが後者である。本書の冒頭に述べられているように、『アメリカ大陸のナチ文学』の最終章に当たるカルロス・ラミレス＝ホフマンの話は、いわばラフスケッチのようなもので、これに大幅加筆して『はるかな星』が誕生した。人名を変更したのに加え、登場人物の経歴やその後の人生を書き込んで造形をふくらませ、会話を入れて人物同士の関係を深めるなど、より小説らしくする工夫を施し、物語に広がりと奥行きをもたらしたが、話の大筋はほぼ変えていない。両者の決定的な違いをひとつ挙げるとすれば、ビーダーが士官学校の同期生のアパートで展示した写真の内容について『アメリカ大陸のナチ文学』では暗示されるにとどまっているが、本書では詳しく明かされている点であろう。

本書の冒頭で語り手が「日を追うごとに生気を増すピエール・メナールの亡霊を相手に」と述べているのは、ボルヘスの短篇「『ドン・キホーテ』の著者、ピエール・メナール」の主人公のことを指している。この著述家はさまざまな作品を残したが（実在しない人物の実在しない業績が並んでいるところは『アメリカ大陸のナチ文学』と同じ）、そのなかに、十七世紀初めに書かれた『ドン・キホーテ』のなかのいくつかの断片を一字一句違えず、自らの力で創作するという「かぎりなく英雄的な、比較を絶した」（鼓直訳『伝記集』）作品がある。そのテクストは『ドン・キホーテ』の該当部分とまったく同じだが、書き写したのではなくメナールが自ら書いたものなのだ。ボラーニョはカルロス・ラミレス＝ホフマンの話をカルロス・ビーダーの話に書き直す際、随所でもとのラミレス＝ホフマンの話の文章をそっくりそのまま使ったり、同じフレーズや文に手を加えて使用している。自分の書いた作品を再利用するのだから、ボルヘスの主人公と同じではないが、自分の行為とピエール・メナールのそれが重なって見えたことは想像に難くない。二つのテクストを並べれば、やむにやまれぬ事情で短篇小説を書きはじめた詩人ボラーニョが、詩人・作家の伝記を淡々と紹介する『アメリカ大陸のナチ文学』を経由して、一冊の中篇小説を書き上げ、小説を書く自信を得て、やがて初の長篇『野生の探偵たち』、そして遺作となった超大作『2666』に到達するという一本の道筋が見えてくるだろう。またボラーニョは一九九九年に『野生の探偵たち』でロムロ・ガジェゴス賞を受賞したときの自己紹介文のなかで、『はるかな星』について「絶対的な悪へのアプローチを、とても控え目に試みた」と説明し、のちの『2666』を予告している。それから、『野生の探偵たち』の主要登場人物の一人で、ボラーニョの他の作品にもときどき姿を現わすアルトゥーロ・ベラーノ（作者の分身的存在とみなされている）が初めて登場するのが『はるかな星』であることも指摘しておきたい。本書の冒頭で、いろんなラミレス＝ホフマンの話を語ったチリ人アルトゥーロ・Bとして出てくる人物である。

意味において、ボラーニョ文学を理解するうえで『はるかな星』は要となる作品なのである。

さて、『アメリカ大陸のナチ文学』の最終章と『はるかな星』のそれぞれの主人公カルロス・ラミレス＝ホフマンとカルロス・ビーダーは、一九七三年から七四年にかけて飛行機雲で空に詩を書き、その奇抜なパフォーマンスを通して世に知られるようになる。この詩的パフォーマンスには、実はモデルが実在する。ボラーニョと同じチリ出身の詩人ラウル・スリータ（Raúl Zurita）である。彼は一九八二年、ニューヨークの空に飛行機雲でスペイン語の詩を書いて一躍有名になった。といってもスリータの場合、自身は地上にいて、実際に書いたのはプロのパイロットである。ここでスリータについて紹介しておこう。

ラウル・スリータはボラーニョより三歳年上の一九五〇年生まれ、ボラーニョもそうだったように、チリで軍事クーデターが起きたとき逮捕され、監禁された経験をもつ。収容所では拷問も受けたというが、解放後はチリを離れることなく、独裁政権下の恐怖や不安をテーマに詩を書き、検閲をくぐり抜けて作品を発表しつづけた。七九年に「芸術行動集団（Colectivo de Acciones de Arte）」を立ち上げ、チリ前衛詩の推進者のひとりとなる。空に詩を書くことを思いついたのは、一九七五年、絶望のどん底にいたころだったという。初めはチリ空軍に依頼しようと考えた。クーデターのときに大統領府を空爆した同じパイロットが空に詩を書いたら、芸術は世界を変えうることを証明できると思ったのだ。空軍に話を通そうとしたものの、結局うまくいかなかった。そこで米国にいる友人に、飛行機雲で文字を書く広告会社を知らないかと問い合わせる手紙を書いた。それが実ったのが一九八二年六月二日、ついにマンハッタンの上空で広告会社の飛行機がスリータの詩「新しい生（La vida nueva）」を披露した。高度四五〇〇メートル、五機が横一列に並び、同じスピードで前進しながら煙を少しずつ出したり止めたりして、文字をひとつずつ形作り、言葉を綴っていく。五機のスピードがぴったり揃い、煙を出すタイミングが合って初めて文字になる。一行の長さは七キロから九キロメートルに達したという。このパフォーマンスはフィルムに残されていて、動画サイトYouTubeで見ることができる。見渡す限りの青空に白い文字が少しずつ現われ、一フレーズが完成するころにはひとつ前のフレーズは崩れて読めなくなっている。ときどき思い出したように飛行機の爆音が聞こえる。スリータの詩は次のようなものだった。

わが神とは飢餓　わが神とは雪　わが神とは否
わが神とは失望　わが神とは腐肉　わが神とは天国
わが神とはパンパ　わが神とはゲットー　わが神とはチカーノ
わが神とは癌　わが神とは傷　わが神とは虚空
わが神とは痛み　わが神とはわが神の愛

この詩だけではわかりにくいが、スリータの詩の特徴はその終末論的思想にあると言われる。彼はこの後もスケールの大きな詩にこだわり、チリのアタカマ砂漠に「苦痛も恐怖もなく（ni pena ni miedo）」という巨大な一行詩を出現させている。「死とは友情」「死とはチリ」そして「死とは浄化」と書いたカルロス・ビーダーの詩と比べてみれば、軍事政権の抑圧に抵抗する反体制詩人スリータと、体制側にいた残虐な殺人者、右翼の詩人ビーダーの違いは明白だ。イデオロギーと政治的立場を逆転させたことに、ボラーニョの独創性を見ることができるかもしれない。

ボラーニョは生前、スリータと面識はなかった。スリータによれば、あるとき友人から、空に詩を書く詩人が出てくる小説があると教えられ、初めてボラーニョのことを知ったという。ボラーニョの小説に自分が「利用」されたことについては、アーティストは何をどこで使ってもいいんだ、自分がニューヨークで書いた詩が彼の登場人物の造形に役立ったのなら素晴らしいことじゃないか、というようなことをあるインタビューで述べている。ただビーダーが書いた詩は気に入らなかったようで、あの詩は内容があからさまでひどいものだと文句を言っている。そもそも一機で空に詩を書くなど、現実には不可能だというが、これは小説のなかだからこそ実現できたことだといえるだろう。他方、スリータは『野生の探偵たち』と『2666』を絶賛していて、二〇〇三年、ボラーニョが肝臓を患った末にこの世を去ったあとで作った詩のなかで、「肝臓病のボラーニョが　飛行機で不在の神のはるかな星を書いている」(*Cuadernos de guerra*, 2009 に所収)とうたっている。自分をモデルに使ってくれた小説家へのスリータなりのオマージュであろう。

ではボラーニョ自身は、スリータの作品をどう見ていたのだろうか。『はるかな星』のなかにこの詩人の名前は出てこないが、チリ現代詩についてのあるエッセイでこう述べている。「スリータは素晴らしい作品を作る。その作品は同世代のなかで抜きん出ており、前の世代の詩にはもはや戻らないという地点を示している。だが一方で彼の終末論、救世主信仰は、八〇年代にほとんどすべてのチリ詩人が向かっていた火葬の薪の山、または霊廟を支える柱でもある」。(**'La poesía chilena y la intemperie'**, *Litoral*, núms. 223-224, 1999) ピノチェト独裁政権下でチリにとどまり、詩を書きつづけた詩人への敬意から、空中詩人ラミレス＝ホフマン／ビーダーが生まれたと考えることもできるかもしれない。

最後に本書のエピグラフ、「誰にも見られずに落ちていく星はあるのだろうか」についてもふれておきたい。これはウィリアム・フォークナーが出した二冊の詩集のうちのひとつ『緑の枝』の詩XVIから取ったフレーズである。軍政時代のスターであったビーダーの栄光、そしてその後の人生と最期を語り手の「僕」が見届けるという本書の内容を示唆しているが、一方でこの星はチリ国旗に描かれているひとつ星を表わしているようにも思える。本書の執筆当時スペインにいたボラーニョからは、故国チリは彼方に仰ぎ見るはるかな星だったのではないか。

本書はRoberto Bolaño, *Estrella distante*, Anagrama, Barcelona,1996の全訳である。底本には二〇〇七年に出たCompactos第五版を使用した。また必要に応じてChris Andrewsによる英訳*Distant Star*, New Directions Books, New York, 2004を参照した。なお翻訳に際しては、原文が同じ場合、できるかぎり『アメリカ大陸のナチ文学』（野谷文昭訳）の訳文を使用させていただいたが、前後の文脈が異なっていたり、単語がひとつだけ違う、コンマの付け方が違うなど、微妙に変わっているところもあるため、必ずしも同じ訳文にはなっていないことをお断りしておく。また、一二二ページに出てくるボルヘスの言葉は、『ヴァテック』（「バベルの図書館」第二三巻、私市保彦訳、国書刊行会）の序文（土岐恒二訳）から引用させていただいた。

本書の翻訳では、多くの方々から有益な助言と励ましをいただいた。とくに白水社編集部の金子ちひろさんの綿密なチェックと鋭い指摘には、今回もおおいに助けられた。関連資料なども探し出していただき、そのご尽力には感謝しきれない。お世話になった方々すべてに心よりお礼申し上げる。

二〇一五年十月

斎藤文子

訳者略歴
一九五六年生まれ
東京大学教養学部教養学科卒業
ライス大学大学院修士課程修了
東京大学大学院教授
訳書にL・バレンスエラ『武器の交換』(現代企画室)、A・ルイ＝サンチェス『空気の名前』(白水社)、共訳書にA・ラモネダ『ロルカと二七世代の詩人たち』(土曜美術社出版販売)など

〈ボラーニョ・コレクション〉
はるかな星

二〇一五年一一月一五日 印刷
二〇一五年一二月一〇日 発行

著 者 ロベルト・ボラーニョ
訳 者 © 斎《さい》藤《とう》文《あや》子《こ》
発行者 及川直志
印刷所 株式会社三陽社
発行所 株式会社白水社
東京都千代田区神田小川町三の二四
電話 営業部〇三(三二九一)七八一一
編集部〇三(三二九一)七八二一
振替 〇〇一九〇-五-三三二二八
郵便番号 一〇一-〇〇五二
http://www.hakusuisha.co.jp
乱丁・落丁本は、送料小社負担にてお取り替えいたします。

誠製本株式会社

ISBN978-4-560-09266-8

Printed in Japan

ロベルト・ボラーニョ

ボラーニョ・コレクション

全8巻

既刊

売女の人殺し
松本健二訳

鼻持ちならないガウチョ
久野量一訳

［改訳］通話
松本健二訳

アメリカ大陸のナチ文学
野谷文昭訳

既刊

はるかな星
斎藤文子訳

続刊

第三帝国
柳原孝敦訳

ムッシュー・パン
松本健二訳

チリ夜想曲
野谷文昭訳

（2015年11月現在）

野生の探偵たち（上・下）

ロベルト・ボラーニョ
柳原孝敦、松本健二訳

謎の女流詩人を探してメキシコ北部の砂漠に向かった詩人志望の若者たち、その足跡を証言する複数の人物。時代と大陸を越えて二人の詩人＝探偵の辿り着く先は？　作家初の長篇。［エクス・リブリス］

2666

ロベルト・ボラーニョ
野谷文昭、内田兆史、久野量一訳

小説のあらゆる可能性を極め、途方もない野心と圧倒的なスケールで描く、戦慄の黙示録的世界。現代ラテンアメリカ文学を代表する鬼才が遺した、記念碑的大巨篇！　二〇〇八年度全米批評家協会賞受賞。